一件有益的
小　物

米哈

著

a small, good thing

序

一場我與它和牠及你的
荒誕聖誕夢

我張開眼睛，窗簾 _.010_ 外晨曦灑上床鋪。天氣轉涼了，冷冽而晴朗。時鐘 _.014_ 指著早上七時半。

我第一時間摸一摸枕頭 _.018_ 附近，果然有一個方方正正的盒子。我打開，是聖誕老人送給我的墨水筆 _.021_。我曾經來回文具店三次，三次拿起了這枝筆，卻總是捨不得買下，竟又成為了我的聖誕禮物。聖誕老人，是有聽到許願的。

睡房外，傳來了陣陣棉花糖 _.024_ 與咖啡 _.028_ 的香氣，還有人聲，很多很多的人聲。我穿上毛衣 _.032_，下床，打開睡房門，一道金黃色的光從客廳照進我的房間。

大家到齊了，住在鄉下的爺爺嫲嫲帶來了茶 _.035_ 葉、健健康康的爸爸媽媽穿了情侶裝牛仔褲 _.038_、我喜歡的朋友在聖誕樹 _.042_ 下玩撲克牌 _.045_、離去了的人在地球儀 _.049_ 上氹氹轉、小精靈在盆栽 _.053_ 上玩摺紙 _.056_。

在客廳裡，還有他，他是小學五年級時的轉校生，當年不辭而別的他已戴上了眼鏡 *060*。大家真的都到齊了，我們敘舊，交頭接耳，互相祝福。整個客廳都是熱鬧的聲音，音樂盒 *064* 聲、笑聲，還有火爐的燒柴聲，聲音充滿了光和暖意。

長長的實木桌子上，放滿了烹飪書 *068* 親手煮出來的美食，林林總總，有充滿肉汁的火雞、熱騰騰的鱈魚乾 *072*、卡邦尼口味的泡飯 *076*、冒著熱氣的牛尾湯，還有甜點，蘋果批、芝士餅、梳乎厘、法式吐司，還有聖誕薑餅。不是，是薑餅人在吃奶油小蛋糕。

爺爺遞給我一杯熱茶，我怕茶太熱，便打算到雪櫃 *080* 拿冰塊 *084*。豈知雪櫃門一打開，小貓便跳了出來，嚇了我一跳。

小貓戴了紅紅綠綠的項圈，項圈有一條鑰匙 *087*。牠跳上了我的肩膊，在我耳後撒嬌，要我帶牠到外面散步。我往窗外望去，玻璃窗蓋了薄薄的一層雪花，再往遠一點望去，在雪羽飄舞之中有一座迴轉木馬 *091*，這是一場屬於聖誕節的初雪。

此時，貓兒奪門而出。我打算跟隨，立即打開鞋櫃，找不到鞋，卻有一本詞典 *095* 與螢光筆 *099*。我望向書架 *102*，架上竟然有一個棄置車轆 *106* 與一包即食麵 *110*。我在枱燈 *114* 旁的廢紙 *117* 堆，終於找到了媽媽的電話 *120* 號碼。我打電話過去，響了一會，客廳中正在把玩摺扇 *124* 的

媽媽接線了，「喂」。

「媽，我的東西都放哪裡了？」

「開信刀 127、玻璃杯、領帶 130，在左邊櫃第二格。」

「不是這些。」

「結他 133、橡皮擦 137、繩子 141，在右邊櫃第一格。」

「媽，不是這些！我是指我的證件。」

「工作證 144？」

「駕駛證件！我沒有駕照 148，怎樣出門呢？」

「駕照？」 靠在躺椅 152 上的媽媽從懷裡的紙袋 156 拿出了一顆彩色硬糖 160，放到嘴裡去，氣定神閒說道：「你還沒有考到駕照。」

焦急的我披上黑色長身絨褸，圍上了黃灰色格線的頸巾，穿上厚襪子、皮鞋、戴上手套 164 出門。臨出門前，我還記得在頸背噴上香水 167。沙漏 171 上端的沙，已所剩無幾，我趕緊打開大門。

原來，小貓就在門外等候。

我踏上單車 176，與小貓沿著大街走去。大街兩旁的樺樹掛滿了一串串的鎢絲燈。到了廣場，我將單車放在一旁，與小貓在雪中散步。我們小心翼翼地走，小貓提醒我不要滑倒，我提醒牠不要弄濕毛髮。

小鹿、松鼠與狐狸將星星掛到廣場中央的聖誕樹上，鴿子則在積雪的樹梢上躲懶。我望著牠們，雪花飄到我的鼻子上，接觸暖和的身體而溶化。

我與小貓繼續跟隨紅酒與朱古力 _180_ 香氣走到盡頭，走到了一間木製的西餐廳。餐廳大門勉強隔住了店內客人的歡樂聲。我打開大門，人聲歌聲笑聲奪門而出，店內的氣氛恍如馬奈的畫作，金碧輝煌，熱鬧非常。我往餐廳的一個明亮角落望去，在綠色梳化上，坐著一位正在等待我吃聖誕大餐的你。

　　我摸一摸上衣的口袋，果然找到我的日記簿 _184_，我依著書籤 _188_ 打開，找到了給你的那一封情書 _192_。然後，我一步一步往你走去。

　　醒來時，我拿起派對後留在地上的原子筆 _196_，往紙上寫下這個荒誕的聖誕夢，寫滿了一頁又一頁的原稿紙。寫好了，隨手在稿上放下你送給我的紙鎮 _200_。

第一稿〈美好的聖誕〉載於 *StoryTeller*（二〇二一年十二月二十五日）

窗簾

或近或遠的一種隔離

曾經，我因為一道窗簾，與父親吵架了。

當年，我剛搬入新居，新居的座向整體是向外的，但客廳的大窗戶還是有部份「遙距」地對著鄰座的客廳窗戶。我所指的「遙距」是兩座之間隔著數十米的距離，但在我父親看來，此等「遙距」卻是「咫尺」。

新居裝修後不久，父母來了作客，見客廳窗戶還未裝上窗簾。保守、穩重、注重私隱的父親，甫入屋便指出要立即裝上一副厚厚的窗簾，以防對面人家的窺看，我卻反問：「厚厚的窗簾，隔絕了外人看見屋內，不也同時隔絕了自己欣賞窗外嗎？」父親聽罷生氣，覺得我不可理喻。

窗簾，反映一個人的性格。

作家楊絳，曾經有一篇文章，題為〈窗簾〉，既回應丈夫錢鍾書〈窗〉一文，又寫出了獨到的觀察，她寫道：「憑你多熱鬧的地方，窗對著窗。各自人家，彼此不相干。只要掛上一個窗簾，只要拉過那薄薄一層，便把別人家隔離在千萬里以外了。」窗簾，就是一種隔離，或近或遠，視乎個人的選擇。然而，若果你的窗簾，是別人強行為你裝上的，那又是怎樣一回事呢？

一八三二年，法國浪漫主義畫家德拉克洛瓦（Eugène Delacroix），展開了他的北非之旅，啟發了他創作一系列嶄新風格的畫作，其中包括《阿爾及爾的女人》。此畫描繪他探訪一個非洲伊斯蘭教徒家庭的回憶，並呈現他的感受，「在這裡，所謂名譽已成無意義的詞彙，所有的一切變成愉快的怠慢」。

德拉克洛瓦如何描繪這一份「愉快的怠慢」呢？德拉克洛瓦請來了模特兒來飾演「阿爾及爾的女人」，並在畫中重構了充滿異國風情的瓷磚、絹布、寶石，以及印有類似阿拉伯文字、厚實而密不透光的窗簾。這一道《阿爾及爾的女人》的窗簾，華麗地裝飾了西方人眼中的北非，同時蓋住了豐富而多樣的阿爾及利亞文化。

當代阿爾及利亞小說家兼法蘭西學院院士阿西亞·德耶巴（Assia Djebar）便寫了一個短篇小說，題目是〈房間裡的阿爾及爾的女人〉，彷彿遙距地回應德拉克洛瓦的畫作。文中沒有富有神秘感的他者描寫，卻是斷斷續續的生活片段。

小說其中一幕是這樣的：阿爾及爾女子薩拉「走到窗戶前，做了一件她從一開始就想做的事：利落地拉開那道巨大的紅色條紋的布窗簾」。窗前宿醉未醒的法國女子叫了

一聲「不」，嗚咽道「我受不了光！」。「薩拉，重新坐在地上，摟著她，輕輕地搖著，而她則繼續在疲憊不堪中崩潰。」阿西亞‧德耶巴就這樣寥寥數筆，精準地寫出了反思殖民主義的批判隱喻。

在此，我又回想起楊絳的另一段文字：「隔離，不是斷絕。窗簾並不堵沒窗戶，只在彼此間增加些距離——欺哄人招引人的距離。窗簾並不蓋沒窗戶，只隱約遮掩——多麼引誘挑逗的遮掩！所以，赤裸裸的窗口不引人注意，而一角掀動的窗簾，惹人窺探猜測，生出無限興趣。」

窗簾，是隔離又是挑逗，是距離又是吸引，而話說回來我當時的新居，最後我還是裝上了一道窗簾，卻是一道薄薄的紗窗簾。

時鐘

自我掌控的生活重心

一位朋友正要搬屋，要我陪同他一起添置家具，並在事前跟我聊一聊購物清單。床、衣櫃、鞋櫃、桌子、椅子、梳化、廚具、衣帽架……我接過他的清單念著，然後問他：「時鐘呢？」

「不重要啊！」他答道。
「怎會不重要呢？」我反問。
「哪有現代人還用時鐘呢？」他說。「隨手一件電子產品都有時鐘功能。」

「你說的『現代』是指一七八九年以後嗎？」我說。同時，他也知道我要跟他正經地理論起來。可惜在他想鳴金收兵之前，我給他的一堂有關時鐘的課已經開始。

時鐘怎樣成為我們生活的重心呢？這個歷史時間點，要推回到中世紀的歐洲。當時，屬靈上理應歸於永恒的天主教會，卻十分重視俗世的時間觀念，尤其本篤會的修道院。在六世紀，聖徒本尼狄克（Saint Benedict of Nursia）在意大利中部創立了本篤會，又稱「本尼狄克派」，並制定了這隱修會的各種規則，包括一天的時間使用。

本尼狄克派相信，教徒必須將一天的時間順序奉獻給上帝：首先是祈禱，其次是勞動，而在神學概念上，勞動也

算是一種祈禱。教徒一天要祈禱七小時（後來增至八小時），而其中一個小時是在晚上的。為了確保教徒可以在一天裡按時完成祈禱次數，修道院便開始以「警報式的聲音」提醒眾人，即鬧鐘。

修道院紛紛設置鐘鈴，後來又發展出鐘樓。守夜人需要在指定時間起床拉響鐘聲。守夜人的任務至關重要，他們看守敲鐘的職責被視為防止教友置於「不被救贖」的處境。

自此，以水鐘定時的「教堂時間」取代了以太陽定時的「自然時間」（即人們以目測太陽位置而分成的上午、中午、下午）成為了文明生活的標準，教堂鐘樓也成了城鎮的重心。然而，我又會想：當大家都按照教堂鐘聲而理解時間，又有誰可以肯定那鐘聲的報時是否準確呢？

有一個發生在十二世紀的故事是這樣的：一名叫阿爾戈的修道士，他在深夜聽到提示夜禱的鈴聲而醒來，眼見同室的床鋪都空了，便趕緊穿上涼鞋斗篷，匆忙奔到禮拜堂去，但奇怪的是，當阿爾戈來到禮拜堂時，卻不見一人。於是，阿爾戈又回到寢室，竟又看見其他僧侶正在熟睡。究竟，這是魔鬼的技倆、阿爾戈的夢遊，還只是守夜人報錯時呢？

「教堂時間」壟斷了人類文明好一陣子，直至工業革命。

當工資合約需要規定工人按工作的「天數」來取工資時，問題就來了：「一天」是多長呢？

所謂的「一天」是按照北半球夏天日長夜短的自然時間，還是參照憑信心而誠實相信的教會時間呢？最後，大家決定使用由各人都可以接觸到的機械鐘所報的「世俗時間」來定義一天的長度，並正式取代「教堂時間」。

從自然時間到教堂時間，以至機械時間的出現，時間的控制權亦從大自然，轉移到宗教權威，以至一步一步落到我們每個人手中，成為可以自我掌控的生活重心。「那麼，你就應該明白一個時鐘是多麼的重要吧！」

聽罷，朋友為免留堂補課，自然唯唯諾諾，試圖草草了事。如此不尊重時鐘文明的人，到了買家具的日子，果然又遲到了。

枕頭

不易取代的安穩

我有感恩的習慣，也就有了不少感恩的事情，其中一個是上天賜了我總是安睡的靈魂。我每晚到了十時多就會有睡意，上床後平均十分鐘便能入眠，但我這個老練的安睡靈魂還是有罩門，那就是我的枕頭。

我非常依賴我的枕頭，依賴程度不至於如小孩依戀臭口水被子一般，但也是缺了它會心緒不寧的地步。每當我到外地旅行入住酒店，我都有點緊張，怕安睡靈魂會被酒店的陌生枕頭打敗。雖然在大部份時間，我還是能夠進睡，但睡不深、睡不好也倒是事實。

後來有一次，我與父母一起家庭旅行，突然想起一件往事：在我還是十歲左右時，我們全家第一次出外旅行，我記得，當時母親竟然是帶了枕頭一起旅行的！那時，我才恍然大悟，我這個對枕頭的依賴是從哪一條基因而來。

對於《小婦人》的作者路易莎·梅·奧爾科特（Louisa May Alcott）而言，枕頭也是至關重要的。枕頭給她不易取代的安穩，但那一份安穩，不在睡眠，而在寫作。

奧爾科特以沉醉於寫作著稱於世，就像她在《小婦人》描述主角喬·馬奇的寫作情景，「如她自己形容的『掉進漩渦裡』，全心全意地寫小說，在完成之前，她都煩躁不

安」。奧爾科特寫道，當她「靈感源源不絕，（可以）有兩周時間，幾乎不吃不睡不動，像全力開動的思想機器一樣寫作」，而她的傳記作家更指出，奧爾科特曾經因為不停寫作而導致右手抽筋，最終逼自己嘗試以左手寫作。

於是，枕頭給奧爾科特的意義是休息嗎？非也。奧爾科特的枕頭是協助她得到專心的、私人的寫作空間之工具。

原來，奧爾科特有一個「心情枕頭」，這枕頭不放於床上，而是置於客廳梳化。這「心情枕頭」是奧爾科特對家人的提示，如果枕頭豎直，代表家人可以毫無顧忌地找她，但如果枕頭側放，即代表家人不能打擾她。

「心情枕頭」倒是一個與家人溝通的不錯方法。可惜當我還在跟父母同住的時候，未有讀到奧爾科特的傳記。

話說回到我的家庭旅行，當我想起母親年輕時帶著枕頭旅行，便去了父母的房間查看一下，打算笑一笑她是不是又帶了枕頭出門。豈知當我跟她說明來意後，她得戚地從行李箱拿出了一個枕頭 —— 套！她還笑話我說：「人會進步的呢！我現在帶枕頭套出門就好了，要借你一個嗎？」

墨 水 筆

不 死 的 是 故 事

墨水筆，又說鋼筆，它作為一件小物的歷史進程，跟紙本書很像。每一個時代，都有說它們不再可能存活的理由，而它們又在不同時代好好的存活下來，而且兩者都是文人墨客愛不釋手之物。我想，墨水筆之不死，不死於它動聽的故事。

據說，公元十世紀，北非伊斯蘭法蒂王朝的第四任哈里發穆埃兹‧里丁‧阿拉（Al-Mu'izz li-Din Allah）頒下了詔令，要求部下製造一枝「無須倚賴墨池，本身內含有墨汁的筆」，而且書寫完畢後「墨水會自動變乾，持筆者可將之收入衣袖或其他地方，無須擔心服裝遭到玷汙，墨汁連一滴都不會滲漏出來。墨水要流淌出來，除非執筆者主動，除非書寫的企圖明確」。

哈里發的要求，不單難在技術層面，更難在形而上的意圖，究竟怎樣能夠令墨水筆可以只在「書寫的企圖明確」才流淌墨水呢？於是，部下再三請求哈里發的指引，而哈里發的回答是「真主旨意如此，就有可能」。

數天後，工匠真的呈上一枝黃金所製的筆，此筆「在掌中上下顛倒，左右傾斜，都不會有墨汁滲出」，被視為現代鋼筆的原型。十世紀的古代墨水筆，留下如此神化的傳奇，而第一枝大眾普及的現代墨水筆，則有一個都市傳說。

一八八四年，歷史上第一枝於市場大賣的墨水筆面世。此筆就是由路易斯‧威迪文（Lewis Waterman）設計的「理想牌」（Ideal）鋼筆。威迪文的父親在他三歲大時過身，後來他跟隨繼父於農場工作，他一生從事的職業甚多，有木工、老師、賣書，還賣過保險。如此背景的華特曼，何以設計了第一枝大眾化鋼筆呢？

如果穆埃兹‧里丁‧阿拉創造了第一枝墨水筆是因為真主的旨意，那麼，路易斯‧威迪文之所以有他的改良版現代鋼筆，就是因為資本主義的魔力。

話說，當威迪文還是一名保險從業員時，遇到了一名大客戶。威迪文花了一番功夫，終於說服了客戶簽下一張高額保單，但就在簽單時，威迪文的鋼筆漏墨了，還在保單上弄了一大片墨漬。威迪文立即回辦公室重弄一份保單，但回頭見客時，客人已經反悔。那天，威迪文決心要設計出一枝不會漏墨的鋼筆。

威迪文理想牌鋼筆之大受歡迎，除了它的價格定位，正正在於它的設計大大改善了早期鋼筆的漏墨弊病。威迪文的做筆故事動聽，動聽得有人質疑其真偽，但我又必須說：有時，人對一物之戀，非關理性，非關真偽，只在乎故事，或巧合，就像我喜歡威迪文的墨水筆，單單是因為我剛巧與威迪文同月同日出生。

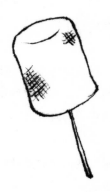

棉花糖

不問太多的浪漫

每一個燒烤場合，都會有一位「棉花糖先生」。棉花糖先生總是運籌帷幄，從超市買物資，到在公眾燒烤場找位置，他都會滿口理論、打點一切，直至起爐。棉花糖先生往往不懂得起爐，但「尾聲時，讓我給你們燒世界上最美味的棉花糖，外脆內軟」。

我也喜歡吃燒烤後的棉花糖，但單位是「一粒」。據說，棉花糖可以追溯到公元前二千年的古埃及（事實上，世界上還有什麼的原型是不可以追溯到古埃及、古希臘，或古巴比倫的呢？）。當時，棉花糖除了是皇室與神明享用的甜點，還聲稱可以醫治喉嚨不適和消化不良，但我只能吃「一粒棉花糖」的原因，正是它會立即令我封喉、胃脹。

我喜歡棉花糖的英文名字「marshmallow」，發音與串字都有一種天真、可愛、有趣的感覺，但它的構成卻又實際非常：「marsh」是沼澤濕地，「mallow」是一種錦葵科植物，「marshmallow」就是在沼澤濕地找到的一種錦葵花製成的東西。棉花糖的名字，是浪漫與現實的誤會，像愛情。

艾倫・狄波頓（Alain de Botton）曾經寫了一部愛情小說，名為《我談的那場戀愛》（Essays in Love）。狄波頓不擅長寫人物角色，而小說也不是他寫得最好的文體，《我談的那場戀愛》就像一本有情節的哲學散文。

主角從巴黎到倫敦的飛機上，認識了鄰座的女主角珂羅葉。珂羅葉看上了主角的品味與風趣，主角則被珂羅葉的聰穎與焦慮所吸引。狄波頓寫道，「浪漫的宿命論讓我們避免去想一件事，也就是我們去愛人的需要，永遠優先於我們對任何特定的愛人。不可避免的是愛情，而非珂羅葉」。珂羅葉自以為錯過了上一班機，才會巧合坐到主角的旁邊，一切的遇上都像「命中注定」，正如所有人的愛情。

主角與珂羅葉從曖昧到相戀，又如所有情侶一樣，有因為性格、成長、偏見的不同而造成的磨擦。幸好，主角找到了處理磨擦的方法，那就是幽默。「幽默代表不需要直接衝突，給人留點顏面，批評但不直說。在每個玩笑背後，都是分歧，甚至是失望，但已經拆除雷管，因此不會引爆，不會血流滿面。」

有一次，男主角便以幽默化解了一場危機。話說，他們拍拖數個月以來，主角遲遲沒有跟珂羅葉說一句「I love you」，而原因是讀書太多、讀太多哲學的主角認為「I love you」一話太普通，「不能夠指涉到」他與珂羅葉獨一無二的愛情。當然，在珂羅葉的角度，這都是害怕承諾、吝嗇愛意的胡扯。主角始終沒有跟珂羅葉說過一聲「I love you」，直到他們到餐廳慶祝珂羅葉的生日，侍應給

他們送上一份棉花糖甜品。機智幽默的主角看見珂羅葉燦爛的笑容，靈機一觸，跟她說：「I marshmallow you」。

甜蜜的主角與珂羅葉，後來怎樣了？懂得浪漫，就不會問「後來怎樣了」，正如懂得吃棉花糖，就不會問當中有多少糖份與卡路里。

咖啡

像儀式一般的服用

咖啡文化源遠流長。有一隻活在九世紀埃塞俄比亞西南部高原的山羊吃了咖啡豆後亢奮的故事，也是大家耳熟能詳，不用冗言。我想多說一說的，倒是咖啡與創作人的事。

有人品嚐咖啡，有人細味咖啡，而我與咖啡之間，較準確的用詞是動詞「服用」。每天，我平均服用至少三杯咖啡，早上一大杯，午餐一杯，下午茶一杯，每一杯都是我的回魂丹，好作提神。這是基本的服用量，且沒有上限，我可以一天喝超過六杯咖啡，而杯的定義是隨意的大大小小，我也可以晚餐後喝咖啡而無阻睡意，一睡到天光。

這就形成了一個矛盾：我要服用咖啡提神，而服用咖啡又不會阻我休息。這是可能的嗎？其中一個解釋是，我服用咖啡，不是為了它的咖啡因，而是為了它給我的提示：吸一下豆香，提示我放鬆，喝一口咖啡，提示我專心。

像儀式一般服用咖啡的創作人不少，其中一位是音樂大師貝多芬（Ludwig van Beethoven）。每天黎明時分，貝多芬便會起床，起床第一件事就是準備早餐，而他的早餐就是一杯咖啡。貝多芬十分注意咖啡的劑量，他認為一杯咖啡應該要用六十顆咖啡豆。

每一個朝早，貝多芬在晨光之下仔細數咖啡豆，一顆顆地數，準確的用六十顆調製咖啡，然後與咖啡一起沉醉於音樂工作直到下午兩、三點。

在文學世界，法國現實主義作家巴爾札克（Honore de Balzac）嗜啡如命，也是人所共知。巴爾札克每日平均飲用五至六杯黑咖啡，並預言自己「將死於第三萬杯咖啡」（後來，醫生與後人估算，巴爾札克一生飲用了五萬杯咖啡，算是超額完成）。巴爾札克曾經說道：「我不在家，就在咖啡館；不在咖啡館，就在去咖啡館的路上」，而他在家，也會喝咖啡。

擅長細節描寫的巴爾札克，當然有寫下他喝咖啡的剎那感覺，他寫道：「咖啡瀉到人的胃裡，把全身都動員起來。人的思想列成縱隊開路，有如三軍的先鋒。回憶扛著旗幟，跑步前進，率領隊伍投入戰鬥」。

一八三九年，寫長篇小說的巴爾札克還出版了一本論文式著作《論現代興奮劑》。此書的由來說來話長，簡單來說，巴爾札克本來只是想寫一個序，並聲稱要寫關於現代文明的五種興奮劑，分別是酒、糖、茶、煙，以及咖啡。

巴爾札克說，他會在書中談及現代人兩百年間發明和服用

這五種興奮劑的故事，並寫到它們的來源、特色、經濟效益、對人體所造成的負面影響等等。然而，在「成書」時，巴爾札克只寫了糖、茶、咖啡三種興奮劑，糖與茶輕輕帶過，而最多的筆墨想當然用在巴爾札克最愛的咖啡之上。

巴爾札克與《論現代興奮劑》一書的故事，告訴我們什麼？它告訴我們：哪怕你喝再多的咖啡，也無助於你去完成一件你不想完成的工作。

令貝多芬沉沒於工作的是音樂，助巴爾札克逃避工作的是咖啡，而提醒我要努力工作的除了咖啡的味道與香氣，還有咖啡豆的帳單。

毛衣

像擁抱的安全感

乾女兒還是兩三歲的時候，每次出門都大費周章，除了要記得帶齊足夠的衫褲鞋襪、水壺、奶粉，還一定要帶上她的一塊破舊「口水巾」。

口水巾，顧名思義就是一塊充滿她口水的巾。乾女兒的口水巾白底藍邊，上面有一些小花的圖案。它本來是一塊嬰兒抹身用的長毛巾，但後來成為了她的小被子。口水巾是乾女兒入睡的必需品，在她入睡時，她的小手會捏著毛巾一角，捏著捏著，就會入睡。

乾女兒要靠口水巾入睡。因此，口水巾不能洗。不能洗的原因，不是怕乾不來，反正用乾衣機也是一個辦法。不能洗的真正原因是，若洗了的話，口水巾乾淨了，那一陣酸臭味也會洗掉。味不在，乾女兒的安全感也不在，她的安全感不在，自然睡不了，她睡不了，我也不用想可以好好去睡。

我懷疑，每個人都會有他的一條「口水巾」，一件可以帶來安全感的小物。

這讓我想起吳煦斌的一段文字，寫於〈閣樓〉：「從前的屋子裡，有一個小小的閣樓，靠木梯子爬上去，是放舊書和冬天的衣服棉被的。閣樓離天花板很近，爬上去便站不起

來，要蹲著走。裡面很暗，太陽在外面離它三尺附近就停了，所以像小小的洞穴。早上沒有人的時候，我常常爬上去挨著棉被坐著⋯⋯」

安全感可以來自一堆藏於閣樓的棉被，也可以是一塊酸臭的口水巾。別人看來，這都是一些沒有多大價值的小物，但對擁有者來說，這小物能夠喚起躲於「小小的洞穴」裡的感覺，而我的「口水巾」是母親給我織的毛衣。

母親心靈手巧，做得一手好針線，而她每次給我織一件毛衣，就是一次親子活動。從她跟我先在書或雜誌上選款式，陪她到毛線店選購合適的毛線，講究顏色、粗幼，以至含棉量，再等她編織毛衣的前幅，待我回老家時度身試穿，直至最後完成。每一件毛衣，大概要花一年時間。

穿上母親織的毛衣，會有一份自自然然像擁抱般的安全感。記不起從哪一年開始，母親就這樣以一年一件的頻率編織毛衣給我。或許，母親真的享受跟我這樣橫跨一年的親子活動，又有可能，她害怕不太喜歡洗毛衣的我會因為不斷重複穿同一件毛衣，而弄得她的心血之作像口水巾一般的酸臭。

茶

大人的飲料

西方人喜歡茶的故事，可以從十六世紀說起。

一五四五年的《航海記集成》記錄了意大利人到中國旅行時飲茶。到了一六一〇年，中國茶首次傳入荷蘭。後來，英國皇后凱瑟琳（Catherine of Braganza）「哈中」，於宮中設飲茶室，在中國屏風前以青花瓷器喝中國茶。

一六五七年，英國煙草商湯瑪斯．賈拉威（Thomas Garraway）成為倫敦零售中國茶的第一人，於他旗下的咖啡廳推出中國茶，並在店內放置宣傳小冊子，聲稱「中國茶能治癒頭痛和憂鬱症、消除疲勞、促進身體健康」。自此，喝茶的風氣慢慢在歐洲蔓延，從宮廷流到民間。

我喜歡茶的故事，則可以從小學二年級說起。

當時，在我家附近有一間粉麵店，賣香港人熟悉的牛腩、牛什、魚蛋粉等等，而有一陣子，母親從校車接過我以後，便會帶我到這間粉麵店下午茶。我們兩個人，要一個下午茶餐，有一碗粉麵加一杯熱飲。

母親每次點餐都是一模一樣，她會要一碗魚蛋河粉，並先用小碗分給我魚蛋、魚片、河粉。之後，母親便可以放肆的在自己的大碗加入兩三匙辣椒油進食。對此，我沒有什

麼意見，因為我的焦點是她那一杯不願意跟我分享的熱檸檬茶。

「為什麼我不可以喝檸檬茶呢？」我問。
「因為你喝了的話，會睡不著覺。」母親說。
「但我沒有試過啊！」
「茶是大人喝的。」母親又說。
「所以大人就不用睡覺了？」小學二年級的我問道。

我的辯論能力沒有為我贏來半口檸檬茶，而當時的我也沒有像「波士頓茶葉事件」裡的老百姓，因為茶葉問題而大吵大鬧（在一七七三年十二月十六日，北美殖民地的抗議分子，因不滿英國政府對茶葉的課稅安排，將泊在波士頓港的商船上一共三百四十二箱茶葉倒入海中）。

當時的我，乖乖的望著母親喝茶，等待成為大人，等待那可以選擇喝茶的一天。而長大後的我才明白：大人有大人的辛勞，那一杯檸檬茶是母親給自己一天辛勞下來的獎勵。

往事總是不合邏輯。大人何必跟小孩計較可否喝檸檬茶或奶茶呢？我們一家人去喝中茶時，讀幼稚園的我不是也喝了普洱、鐵觀音嗎？當然，母親會說，那是中茶，跟喝西茶不同的。

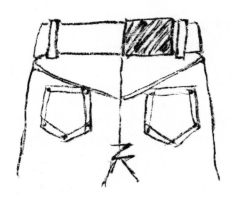

牛仔褲

求不得的樂趣

有一類物件，擁有匪夷所思的特性，我稱之謂「求不得」。「求不得」有一種虛幻感，而虛幻在於它們出現在我人生不同階段，我一直都有想過擁有它，但又一直沒有。小時候，我買不起它，以為到了成人後會擁有，但到了現在，我還是不捨得買。其中一件「求不得」，便是牛仔褲。當然，也不是一般的牛仔褲，而是那一條經典的「501 牛仔褲」。

中學時，擁有 501 牛仔褲的同學都是傳奇人物。他們的傳奇，不只在於「為什麼他們會買得起」，也在於他們的講究。品味與潮流，可以是兩回事，但肯定的是，兩者都是一種講究，而趕一個超過一百年的潮流，實在稱得上是一種品味。

牛仔褲的歷史，先從牛仔布說起。話說，哥倫布前往（預計之外的）美洲之旅，用了一種堅韌粗糙的布料作帆。這布料原產於法國的一個小鎮，小鎮的名字是尼姆（Nimes）。因此，此布得名謂「Serge De Nimes」（尼姆的綾布），簡稱「Denim」，也就是我們今天所稱的「丹寧」，即牛仔布。從丹寧，到 501 牛仔褲，那就是一八五〇年代的事了。當年，從事布匹生意的猶太人李維・史特勞斯（Levi Strauss）來到美國舊金山，看到淘金工人的棉布褲不耐磨，容易破爛，便突發奇想以帆布做褲，製作了設計直

腿臀緊，質料堅韌耐用的褲子，結果大受歡迎，也成了
501 牛仔褲的原型。

這款新發明的褲子，有不少經典的細節，例如那防止縫線
鬆脫的「鉚釘」（tiny button），又例如那一個在前面右側
口袋上方的「零錢袋」（coin pocket）。零錢袋從當時用來
放懷錶或硬幣，以至於現在作為一種純粹的設計，完美解
釋一物如何從實用功能演化成審美符號。

那一條於一八五〇年代賣給礦工的褲子，到了上世紀九十
年代，卻成為了一名楚楚可憐的中學生（即我）眼裡的
奢侈品。聽罷同學們的炫耀，背著書包身穿校服的我，
便在放學後到了一間商場的牛仔褲專營店，一睹此褲之風
采。我還記得當時的腦內小劇場：

嗯，是這一條褲了。
喔，這藍色真的漂亮。
嘩，這價錢！
（全劇完）

那一個價錢，對於中學生的我來說，是一個天文數字。當
時的我跟自己說：「到我長大了以後，出了第一份糧，我
要買一條 501 牛仔褲。」料不到的是，過了這麼多年，也

工作了這麼多年，我沒有忘記這一個願，但始終捨不得買下這一條褲。

求不得，也不一定要有求不得的苦。有時，我經過這間牛仔褲店，也會去探望一下這條求不得的褲。褲還在，經典還在，年輕時的願望還在，求不得的樂趣，還在。

當然，我也會想，我始終沒有買下它的主要原因，可能是我的腿形實在不太適合直腳褲。

聖誕樹

懷念什麼的奢侈

傳說，宗教改革家馬丁‧路德（Martin Luther）是第一個在聖誕樹上放裝飾的人。在此，聖誕樹象徵著伊甸園，提醒我們既要紀念聖誕，又要記得人類最早的恩典。這個傳統隨著喬治一世（George I）於一七一四年從德國來到英國，流行於貴族，卻未流入民間（因為當時的英國人不太喜歡這個皇朝）。

直至十九世紀，聖誕樹才真正於英國流行。在一幅《倫敦新聞畫報》於一八五三年平安夜的著名插畫中，我們可以見到有一個穿著華麗的家庭，父母與五個孩子圍著一棵裝飾得金碧輝煌的聖誕樹慶祝。這聖誕樹置於桌上，樹下放滿的不是禮物，而是農民、馬車、動物的造像。

歷史學家認為，自工業革命以後，聖誕樹的功能除了是宗教的，也是懷舊的，它讓住在高度污染與工業化城市的現代人懷念郊野故地的美好。其後，此傳統從歐洲傳到美洲，又讓身在美洲的歐洲人懷念故地家鄉。當時，聖誕樹頂部的裝飾，往往不是星光，也不是天使，而是英國米字旗。

聖誕樹的歷史久遠，而連接到我人生的第一棵聖誕樹，肯定是幼稚園裡的聖誕樹。我在一間基督教的幼稚園念書，在記憶中，那裡有一棵很高很高的聖誕樹。

聖誕前夕，所有同學都帶禮物回校放於樹底，然後在放假前的最後一天，我們會坐在樹底聽聖誕故事。圍繞聖誕樹的一切，都是彩色的，都是歡欣的，「我好希望家中也可以有一棵聖誕樹」。（事有湊巧，到了我幼稚園的畢業表演，我所扮演的角色正是一棵銀色的聖誕樹。）

後來，在某一年的聖誕節，家裡真的有了一棵聖誕樹。小小的聖誕樹，跟念幼稚園的我差不多高。那是童年其中一個充滿幸福感的回憶。

聖誕樹是奢侈物，不單奢侈在它的價錢，更在於它佔用的空間。在妹妹出世後，聖誕樹就沒有再放置出來了，直至我有了自己的第一個家，我好記得，在購置了基本家具後，我第一時間買的就是一棵聖誕樹。

對於當時一個要交租金的研究生來說，聖誕樹依然是奢侈物，但是我真的好想擁有屬於自己的一棵聖誕樹。我去了夜冷店尋寶，本來以為是去碰碰運氣，豈知道聖誕期間的夜冷店，竟然是一個聖誕樹樹林，大大小小的聖誕樹應有盡有，價廉物（一般）美。

每一年聖誕，我都會在十二月頭在家中放置聖誕樹，每年如是，直至某一年，家中多了一個新成員，令到聖誕樹又成為奢侈物，而這名新成員是一隻什麼都破壞的貓兒。

撲 克 牌

吵 吵 嚷 嚷 的 熱 鬧

一套荷里活撲克電影有句名言：「每次打牌，都有一條魚。如果你玩了四十五分鐘，還找不出誰是那條魚，那麼你就是那條魚」。對，我就是那一條魚，可以是水魚，也可以是魚腩。總之，我不會賭錢，既沒有賭運，也沒有技術，但我卻喜歡觀看撲克牌局。

傳說，撲克牌源自於中國的「葉子牌」，葉子牌是「葉子格戲」的紙牌，而葉子格戲就是一款紙幣遊戲。在元朝橫掃歐亞之時，由蒙古人傳入歐洲，經過歐洲人的改造，成為了撲克牌，又在清朝回流到中國。所謂的「葉子」，本義是指書卷的一頁，也是葉子格戲的紙牌。

在唐代，葉子格戲已為人熟悉，當時文人蘇鶚在《同昌公主傳》便寫道：「韋氏諸宗，好為葉子戲。夜則公主以紅琉璃盤盛夜光珠，令僧祁立堂中，而光明如晝焉」。葉子戲到了宋代，更成為了民間流行的玩意。

傳說，葉子戲的發明者是漢初三大名將之一的韓信。韓信為了減輕士兵在出征時的思鄉之苦，便特意在軍中發明了一種紙牌遊戲，以解士兵的無聊與鄉愁。這些紙牌只有樹葉一般的大小，故稱之謂葉子戲。

我不太相信韓信發明紙牌遊戲之說，在於蔡倫於東漢才改進

了造紙術，以降低造紙成本。試問在蔡倫造紙之前，哪來的資源去給士兵製作娛樂紙牌呢？不過，韓信之說，說紙牌可以解悶，卻是真。

念大學的四年時間，我都住學生宿舍，而我的房間，莫名其妙的總會成為了公共休息室。無論我在與不在，無論我什麼時候起床或睡覺，我的房間都會有其他宿友在聊天或嬉戲。

這情況到了晚飯後更為嚴重，大概在晚上九時多，宿友陸續地帶同零食、水杯、飲品來到我的房間，人數夠了便開始玩撲克牌。遲來的人會圍觀（更準確的描述是圍繞著撲克牌群各自聊天）。玩撲克牌的人少，圍坐的人多，數十尺的房間，高峰時期可以有二十多人聚集，而我呢？我幾乎沒有參與過撲克牌局（因為我總是輸），我會在案上做功課，或在床上讀書，甚至在他們的吵鬧聲中進睡。在那一個青春歲月，我不單容得下這樣的嘈吵，甚至有點享受如此的熱鬧。又說，這可能跟我的家庭教育有關。

有撲克牌的地方，就會吵吵嚷嚷。每到農曆新年，外婆家都會上演同一個戲目：年初二的下午，我的五個舅父陸陸續續到來；二人到了，他們先喝啤酒，並像叫賣一般聊天；三人到了，他們玩三人行的撲克牌局，當作熱身；四人到了，鋤大弟局正式開始，也是年初二外婆家戲目的張

力高峰。

四個舅父在玩牌時，必然唇槍舌劍，你說他沒守好第三人，他又說你沒有想清楚出牌，加上酒精的作用，整個氣氛如箭在弦，直至第五個舅父回到家，只要這個四人局外之人一旦插嘴，六國大封相就會上演。母親與外婆曾經嘗試禁止舅父們過年玩撲克牌，但這跟中世紀時傳教士禁止民眾玩牌一樣，徒勞無功。

每一年都是同一戲碼，每一年吵架的內容都是從撲克牌吵到童年往事，說外公如何不公、太婆如何偏心云云，而我，坐在一旁，倒樂在其中。我喜歡看他們玩撲克牌，更懷念以前看他們熱鬧吵架完又乖乖吃飯的模樣。後來，幾位舅父相繼過世，撲克牌也不成局了。

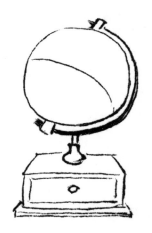

地球儀

超然的視角

小時候買下的書，許多都不知散落到哪裡了，唯獨有一本我一直珍而重之至今，還會於閒時翻閱重溫。那是一本地圖集，一本彩繪地圖集。

地圖集的名字是《寰宇新貌》，它的「新」是九十年代初的新，也是我得到此書時的年代。三十年轉眼過去，地圖集的一些資料，如人口、國界等，早已過時，但作為我認識世界的第一本書，我重讀時，樂趣依然，尤其樂於細讀地圖上介紹各地名勝與名物的彩繪圖案。

後來，我不單喜歡看地圖集，還有更大的物慾，想擁有一個地球儀。

說到地球儀，令我想起十七世紀荷蘭黃金時期畫家維梅爾（Johannes Vermeer）的一幅畫。那不是他著名的《倒牛奶的女僕》或《戴珍珠耳環的少女》，而是一幅名為《天文學家》的畫作。

作為於十七世紀與林布蘭（Rembrandt）齊名的畫家，維梅爾因其用色的細緻，以及對光影的操控而聞名於世，而在他留下的肖像畫中，男性卻佔極少數（僅十三位），而「天文學家」便是其中一位。

現在，人們普遍相信畫中人是光學顯微鏡之父列文虎克（Antonie van Leeuwenhoek）。有鑑於「科學家」是十七世紀荷蘭畫作的流行主題，我們有理由相信：當時，維梅爾是想畫一系列有關「科學家」的畫作，於是請了一位科學界的權威扮演模特兒，並將他畫成不同的科學工作者，包括天文學家。

言歸正傳，我想說的其實是《天文學家》一畫裡的地球儀！

這個地球儀有什麼特別呢？如果大家仔細一點看，便會發現地球儀上顯示的，與其說是七大洲五大洋，更像一塊幻彩大理石的花紋。其實，這地球儀是根據文藝復興地理學家與繪圖師洪第烏斯（Jodocus Hondius）的暢銷地圖集而畫的（大家不妨上網搜尋，看一看那是多美麗的圖），而洪第烏斯的地球觀，則參考了丹麥占星術士第谷（Tycho Brahe）的「地心－日心說」。

第谷是何許人也？第谷是十六世紀的丹麥貴族，也是當時世界上首屈一指的天文學家。據說，中國明朝的《時憲曆》也是參考第谷的天文理論編制。第谷透過天文觀察，提出了有別於地心說與日心說二元論的「地心－日心說」，即太陽是圍繞地球公轉，但其他行星卻圍繞太陽公

轉。以上關於第谷的種種，都有趣，但最有趣的是：第谷的鼻子。

原來，第谷有一個金鼻子！第谷的金鼻子不是塗上金色的鼻子，而真的是金銅製的鼻子。話說，在一五六六年，第谷與另一位貴族因爭執而進行夜間決鬥，在決鬥中，第谷毀了自己的鼻樑，而作為一名煉金術士，第谷給自己做了一個由金、銀、銅製成的假鼻。從此，這就是我心目中如漫畫人物一般的煉金術士形象：一個頂著金製鼻子，學識淵博，想透過智慧掌握世界觀的貴族。

我不需要一個金鼻子，也不一定要有洪第烏斯式的地球儀，我只需要一個小小的地球儀，間中轉一轉動它，重拾兒時翻看地圖集的感覺，那是一份觸動自己頓時跳出時空，超然地、冷靜地回望世界的距離感。

盆栽

叫人生氣的生氣

我是一名不合格的照顧者。曾經，我養了一尾魚，估計是我的照顧不周，牠有一天從魚缸跳了出來輕生了。之後，我養了另一尾魚，牠也是差不多的命運。我帶著要珍惜生命的愧疚，決定不要再養活物了（養貓，是後話），又說，我還是嘗試照顧另一類活物 —— 植物。

我讀過一個故事。有一位作家前往遠方探望另一位退休隱世的作家。他們本是好友，朋友自遠方來，退休作家立刻帶對方參觀自己的花園，欣賞他悉心照料的盆栽。退休作家問：「你有看過花開嗎？」朋友答：「當然，誰沒有看過開花。」

退休作家又說：「我是說花開的那一剎。種了這麼多花，看花苞慢慢長大，正要開時，我一轉頭，波的一聲，花就開了，氣死我！」於是退休作家決定盯著花苞直至開花，有一天盯了四小時後，終於得償所願，目睹花開的一剎。

因為這個故事，因為期待花開的香氣，我買了一棵盆種的檸檬樹回家。檸檬樹有點兒大，但放在家裡大而無當的窗台，還算合適。檸檬樹放在面向正東的窗旁，窗戶常開，我也按照花農的指示照料檸檬樹，但它一年下來只開了兩朵花。我去問花農，為什麼只開花兩朵，他說一定是窗台陽光不夠。後來，我把檸檬樹轉贈朋友。

花農說窗台陽光不夠，我便去換了一批水種的植物，如富

貴竹、白鶴芋。水種植物十分適合我此等不合格的照顧者，既不需要天天換水，又不用施肥。我把它們置於窗台，看著它們成長，開枝散葉，然後呢？

然後，有一兩片葉發黃變枯，又要死掉了。我去問花農，為什麼植物要死了？他說一定是窗台陽光太猛，要不就是那位置風水不好。

花農提議我，「不如買一棵仙人掌？擋一擋煞」。我想，仙人掌既可以曬，又不用天天換水，也不用施肥，倒是個完美的組合，而更重要的是我從來沒有聽過有人可以養死一棵仙人掌。我買下了仙人掌，還特別配了一個有地中海特色的花瓶，打算跟它朝夕相對長相廝守。三個月後，仙人掌死了。

我沒有再去找那一位花農，卻機緣巧合跟一位善於盆藝的前輩聊天。聽畢我的經驗，他問我：「既然你不會用心照顧植物，何不放兩盆人造植物好了？」我答：「因為我喜歡植物的生氣。」

「對啊，有生氣的植物，當然知道你沒有好好照顧它們，它們自然要你生氣。」他說。「不過，我也要告訴你，你光顧那一間花農的植物本來就多蟲害，在店內有殺蟲劑，回到家自然死亡，也真是自然不過。」

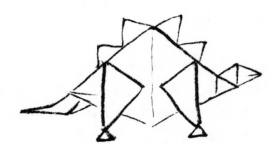

摺紙

祝福活著的藝術

關於摺紙的起源傳說不少，其中一個是這樣的：在第二次世界大戰廣島原爆後，有一名兩歲多大的倖存者，她的名字是佐佐木禎子。九年後，即十二歲的她得了白血病，在醫院治療期間，她每天將吃藥剩下的包裝紙摺成紙鶴，祈求自己與同病者的康復。可惜，她還是在八個月後離世。其後，事件得到傳媒報道，感動了不少人，而「摺紙鶴祈禱」也慢慢成為日本民間習俗。

這事之真偽有待商榷，但可以肯定的是，此說最多只可以是「摺紙鶴祈禱」的起源，而非摺紙鶴的起源，畢竟早於十九世紀末的歐洲雜誌，早已圖文並茂展示摺紙鶴的方法，而當時的人普遍相信摺紙是來自日本的藝術。

十九世紀俄國思想家托爾斯泰（Leo Tolstoy）便曾寫道：「作詩、繪畫、譜寫交響樂曲，相對於做出一隻（摺紙）小公雞，簡直是小巫見大巫。雖然這樣說很奇怪，但是，做這樣的小公雞不僅是藝術，還是優秀的藝術。」

我們都知道托爾斯泰在〈什麼是藝術？〉一文，放肆批評了一眾大師的藝術，稱諾貝爾文學獎得主吉卜齡（Rudyard Kipling）的文字晦澀、傳奇作曲家貝多芬的音樂膚淺、現代派大師波特萊爾（Charles Baudelaire）的詩作腐敗、印象派之父馬奈（Édouard Manet）的裸體畫無聊。

然而，托爾斯泰竟然認為一隻紙鳥是「優秀的藝術」，在他眼中，摺紙藝術何以「優秀」呢？

我推測，托爾斯泰認為摺紙是優秀的藝術，至少基於兩個理由：第一，托爾斯泰本人就是一名摺紙愛好者，而一位自命不凡的美學家，想當然認為自己沉迷的嗜好是優秀的藝術吧！

第二個理由，也可以跟托爾斯泰的個人經歷有關。據說，晚年的托爾斯泰是摺紙高手，隨手拿起紙張就能夠摺出不同動物，而當他搭乘火車穿州過省，每當遇上陌生小孩，他都會弄一個摺紙小禮物予他們。

這代表什麼呢？摺紙，是一份祝福，而優秀的藝術，往往能夠傳遞祝福。

曾經，我也是一名優秀的摺紙藝術家。當時，我是小學生。在勞作堂上，老師派給了各人一疊彩色紙，讓我們自由發揮的摺出不同東西。同學們都沒有多少創意，只會摺出紙鶴、青蛙、煲呔，而我卻摺出了一個引人注目的黃色紙王冠，隨即得到了老師與同學的讚揚。

回到家，母親一看到我放在頭上的紙王冠，便大叫起

來：「大吉利事，你怎麼將我教你摺的金元寶放在頭上呢！」

至今，我依然認為我摺的「紙王冠」是藝術，它與佐佐木禎子的紙鶴，以及托爾斯泰的摺紙一樣，均是祝福，分別祝福曾經活著的、努力活著的，以及正在活著的。

眼鏡

後人類的初探

我的青春期幾乎沒有留下任何照片。有一次，當我收到舊同學傳來的一幅合照，才讓我重遇那一個陌生的自己，照片中的我平頭短髮，額頭上長滿青春痘，一臉青澀，而且還沒有戴上眼鏡。

對了，我是什麼時候開始戴眼鏡的呢？

人類第一副眼鏡的出處不可考，中國人、意大利人都爭相說自己是第一人，而有趣的是，威尼斯人馬可孛羅又聲稱在一二七〇年代見到中國人戴眼鏡。這是他的信口開河，還是真有其事，從來是中意文化史的謎。

在一二四〇年，宋人趙希鵠著有《洞天清錄》一書，記「老人不辨細書，用靉靆掩目則明」，而「靉靆」就是古人用的眼鏡，據說大小像銅幣，顏色像雲母。有說這是人類最早有關眼鏡的文獻，但又有人認為這一段落是明代後人的添加。

不過可以肯定的是，明代人真的有戴眼鏡了，例如明代畫家仇英，便在描寫南京興盛市貌的《南都繁會景物圖卷》畫下了一位老者，他盤坐於掛有「兌換金珠」招牌的金店門前，鼻樑上架有一款眼鏡。

西方最早有出現眼鏡的畫像，則出自意大利人手筆。意大利畫家摩德納（Tommaso da Modena）於一三五二年畫了一幅肖像畫 *Hugh of Saint-Cher*，畫中的化緣修士聚精會神地戴著眼鏡抄經。

無巧不成話，摩德納早年在威尼斯學畫，而（其中一個）傳說，人類第一副眼鏡就在威尼斯北部的穆拉諾（Murano）小島上誕生。

自公元八世紀，穆拉諾島上的人已經開始製作玻璃。時至今日，只有在此島上以矽、梳打、石灰、鉀所製作的玻璃，才能夠稱作正統的「穆拉諾玻璃」。據說在古時，玻璃技術是穆拉諾匠人的秘密，絕不外傳，而玻璃工匠更加不得離開小島，違者可遭處死。到了十三世紀，穆拉諾玻璃匠人發明了眼鏡，因為只有他們才能製造出眼鏡必不可缺的白色玻璃。

說了這麼多有關眼鏡的傳說，又跟我什麼時候戴眼鏡有什麼關係呢？話說，我真正要戴眼鏡是因為本科畢業後的第一份工作：研究助理。

當時，我的工作是為一個關於「後人類主義」的課程準備教材。什麼是後人類主義？我姑且省下十萬字解釋。總

之，其中一個主題是關於科技如何補足，又超越人性的存在，從而重新定義人性。

舉例，假想有一個腦袋接駁了電腦的人，你還會定義他為「人」嗎？你可能不會，因為他的腦袋已經超越了人類應有的存在。但，經典的辯證是：戴了眼鏡的人，又何嘗不是延伸了眼睛的功能，超越了人類應有的（會老化的）存在呢？

當時的我，每天大量搜尋、閱讀、整理相關的文獻，包括眼鏡的歷史，兩個月後，我便開始戴眼鏡，至今。

音樂盒

重複的樂

不難想像，我是一個多麼喜歡逛文具店的人。無論是三層樓的大型文具店、舊式屋邨店，還是街巷裡只有一條窄窄通道的小店，只要是文具店，我都滿有衝動去逛一逛，哪怕是逛兩分鐘也好。

這是一種近乎強迫症的重複，而我在重複之中尋見熟悉的喜樂。這份「熟悉的喜樂」是從什麼時候開始得來的呢？或者是源於那一家「什麼都有文具店」。

從前，爺爺家附近有一家什麼都有的文具店，有各種各樣的文具、紙品，還有（不知是真是假的）外國郵票、玩具，等等等等。母親會讓我自由自主的在裡面尋寶，除了一個區域 —— 玻璃區。玻璃區之名，主要是說此區貨品一律易碎似玻璃，包括真正的玻璃飾品、瓷器、茶具，還有音樂盒。

每次來到這文具店，我都會小心翼翼的來到玻璃區，扭動同一個十二角形的透明音樂盒，聽同一首歌，感覺就像在森林裡藏了一件寶物，間中回來審視欣賞一回。

作為一物，音樂盒有一個奇異的特性，它近乎沒有任何實用的功能，而它最主要的功能就是作為一份禮物。一五八三年，意大利耶穌會傳教士利瑪竇（Matteo Ricci）

第一次來到中國，後來到訪廣州、韶州、南昌、南京一帶，並於一六○○年赴京，給明神宗送上禮物。

利瑪竇的禮物有《聖經》、《坤輿萬國全圖》（即世界地圖）、自鳴鐘，以及一部發出音樂的機械，稱之謂「八音琴」，乃是中國史書記載最早傳入中國的音樂盒。

無論是機械式八音琴，還是現在的音樂盒，其發聲的基本原理，一直沒有什麼大變化。聲音來自於機芯，而機芯主要由音梳、金屬圓筒、發條三個部份組成。

音梳，長得像梳子一樣，由長短不同的鋼製簧片組成，做成不同的音階，較長的是高音，較短的是低聲；金屬圓筒，就像五線譜，圓筒上方的突起物就是音符，用來撥動音梳，發出指定的音；發條，則產生動力來運作各種齒輪組合，打動金屬圓筒持續旋轉，進而以突起物撥動音梳，產生連貫的音樂。

機芯，置於共鳴盒之中，透過盒內空間產生共鳴，放大聲響。在「什麼都有文具店」裡，我喜歡的音樂盒便有一個透明的共鳴盒。我扭動了發條，看著金屬圓筒撥動音梳，發出一粒一粒的音，慢慢的動，慢慢的減慢，到將要發出的下一個音，因為動力不足而沒有發出，靜止。那是

一種未完成的圓滿，待我下次來重溫這段音樂。

這一個重複重溫的活動，在童年時佔了我好一陣子的時光，直至有一天，那音樂盒被人買走了。

有一些物、事，或人，每一次遇上，每一次見面，都可以帶來輕巧治癒的快樂，那一種快樂並不震撼，淡然而重複，我們往往以為如此重複的樂得來容易，直至失去，我們才明白了一點什麼。

烹飪書

文字與味道的猜謎

世界上有一個定律，叫「暢銷書名單年年公佈，寫作人卻年年抱怨結果」。

自命不凡的作者氣餒於名單充斥飲食、旅遊、風水等主題，卻苦無對策於此等國際現象。舉例在美國，《出版人周刊》在二○○九年發表「最佳圖書名單」後，瑪格麗特・阿特伍德（Margaret Atwood）便嘲諷說，要當上一名成功作者的方法應該是「寫烹飪書，或者吸血鬼故事」，「又或者，更好的是寫一本吸血鬼烹飪書」。

不過，我又想：烹飪書，真的沒有它本身的文字魔力嗎？

已知最早的食譜是一塊公元前一五○○年的泥板，上面以楔形文字記錄了古巴比倫人的菜餚做法。到了公元兩世紀，希臘作家阿特納奧斯（Athenaeus）寫成了著名的《智者的餐宴》（Deipnosophistae）。此書保存至今，留有十五冊，與其說是一本食譜，更是一本桌前對話集。

《智者的餐宴》記錄兩位智者食客的對話，談到什麼時令吃什麼食物、將水果放在精美器皿宴客的禮儀、吃不吃鯊魚的辯論（反對者認為，鯊魚吃了人肉，所以人不能吃鯊），還有當時各式各樣的菜餚。

書中記錄的烹調方法大多早已失傳。我們可以在書中讀到以芝士填入魚腹烤魚、以醋和葡萄汁混合煮成的酸甜汁、切碎藤蔓葉子而成的餡料，卻完全不知道這是什麼樣的味道。但，這或許就是讀烹飪書的樂趣，這是文字與味道之間的猜謎遊戲。

到了十五世紀，古騰堡印刷術令到烹飪書的出版變得多樣，各類飲食文化都有專屬的烹飪書，談到法國人煮蝸牛的方法、意大利人如何弄杏仁蛋白軟糖、英國人如何烹調海魚，以及法國人稱英國人抄襲他們如何烹調海魚等等。

當時，烹飪書是一種奢侈品，只會在富人家中出現。在十八世紀之前，識字率普遍偏低，負責煮食的傭人不會認字，卻是主人一邊拿著烹飪書，一邊指示他們下廚。試想，在此情況下煮出來一盤不對味的食物，我們可以怪責誰呢？可能是食材，或食譜作者，更可能是傭人，但反正不可能是主人自己。

當時的食譜並不可靠，充斥大量主觀的描述，如「加一點點鹽」、「將餡料弄得多油一點」。直至十九世紀末，美食家芬妮·法默（Fannie Farmer）為美國第一所正規烹飪學院「波士頓烹飪學院」撰寫教科書《1896年波士頓烹飪學院烹飪書》，才第一次以量化與標準的方式書寫食譜。

同時，這也可能是烹飪書之文字魔力去魅的一刻。

我喜歡烹飪書，也喜歡跟著烹飪書的指示，從買材料，到準備食材備用，至講究各種份量、調味、溫度，一個步驟接一個步驟的去邁向完成一道菜餚，最後或成功或失敗，也是從零到有，從無知到生成的過程，當中充滿帶有冒險的滿足感。

然而，為什麼我會如此認真的研究起烹飪書來呢？無他，作為一名作者，我也想試試寫出一本暢銷書嘛！

鱈魚乾

誰的食糧？

在某一個冬夜，我到達了愛沙尼亞首都塔林。從機場到達市區時，已經是晚上八點多，整個內城區的店舖幾乎都關門了，惟獨一間餐廳 —— 一間中世紀菜的餐廳。

這間餐廳設在一個中世紀建築內，而侍應們像主題公園演員般穿著誇張的中世紀服裝載歌載舞。菜單是以我不認識的文字寫成的，於是餓極了的我隨便點了一份套餐與一杯紅酒。

菜餚到了，碟上的都是醃製食物，醃製的魚片一、魚片二、魚片三。我一口吃下了醃製魚片一，鹹得幾乎令我即時吐出來。那一塊醃製魚，究竟是給誰吃的？

我問侍應，這極鹹之物是什麼呢？他告訴我：這是鱈魚乾。聽罷，我怒氣消了一半。原來，這就是鼎鼎大名的中世紀鱈魚乾。

在中世紀的歐洲，大約百分之六十的食用魚都是鱈魚。鱈魚漁產豐富，再加上牠沒有多餘油份，極度適合當時的醃製與風乾技術。據說，風乾保存的鱈魚乾，其保存時間可以媲美快速冷凍技術的效果。

到了十五世紀的大航海時代，鱈魚的產量更進一步提

升，成為了國際間的流行商品。話說，在一四九七年，意大利航海家喬瓦尼・卡博托（Giovanni Caboto）受英格蘭國王亨利七世（Henry VII）的委託出海探險。出海三十五天後，卡博托便發現了陸地。

此陸地當然不是卡博托想找到的亞洲，而是一個遍佈岩石的海岸。卡博托將此地命名為「紐芬蘭」（Newfoundland），並發現此島四周都是鱈魚。在報告裡，卡博托寫道：「那裡的海域擠滿了魚，不但用漁網可以捕到，就是把石頭放在竹筐沉到水底，也能撈上魚來」。自此，鱈魚成為了歐洲人的主要食品。

其後，歐洲諸國紛紛來到紐芬蘭建設漁港，並形成了一個鱈魚貿易圈：船隻先將最好的鱈魚賣到西班牙，換來了葡萄酒、水果、鋼鐵和煤炭，然後駛入西印度群島，出售次等的鱈魚與部份西班牙特產，換來糖、蜂蜜、煙草、棉花和鹽，再將地中海和加勒比海換來的商品運到波士頓。

大量的鱈魚，配上有效的醃術，不但成為了人的菜餚，更成為了海上牛隻的食糧。在《白鯨記》中，赫爾曼・梅爾維爾（Herman Melville）便寫道：「在這裡，連牛奶也有魚腥味，真令人費解。直到某天早上，我在海灘上的漁船之間閒逛，突然發現荷西那條斑紋母牛正在啃魚的屍體，

而且還有一頭在一堆鱈魚頭裡走來走去，看上去懶洋洋的，這才明白是怎麼回事」。

我無緣無故的想起鱈魚乾來寫是怎麼回事呢？事緣我家貓兒最近經常打擾我寫稿，而我找到唯一的解決方法就是拋給牠一粒鱈魚乾，讓牠把玩一段時間，好讓我可以寫好本文。當年的卡博托萬萬想不到，鱈魚乾竟然有朝一日會成為一位作者的寫稿恩物。

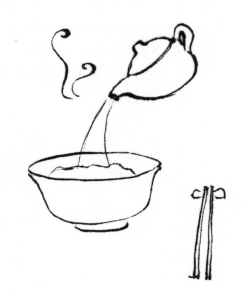

泡飯

深刻純粹的禪味

在胃口不好的日子，我會吃泡飯；在悶熱天氣的日子，我會吃泡飯；在心情忐忑的日子，我也會吃泡飯。泡飯是其中一樣可以安慰我心靈的食物。這種物戀，是從何而來呢？我懷疑，來自幼兒時的滋味。

母親在潮陽出生、香港成長，她會說不鹹不淡的潮州話，也會煮不稀不稠的潮州粥。母親的粥跟香港流行的廣東粥大不相同，母親的潮州粥，飯粒分明，飯歸飯水歸水，而廣東粥店賣的粥卻是一碗綿滑的粥水。粥店的粥，總是熱燙燙，而母親的粥，總是在溫熱之間，相當舒適，相當溫柔。

我總覺得潮州粥，近乎泡飯，感覺一致。夏天，我喜歡陳皮鴨腿泡飯，消暑生津。冬天，我喜歡蠔仔肉碎泡飯，鮮味暖胃。而無論任何天氣，一碗細心經營的日式泡飯，從澆茶到飯裡的姿態，到將飯粒送入嘴裡的口感，總可以穩住我的心靈，給我一份從視覺到味覺而來的寧靜。

在平安時代，日本貴族開始以水或湯作泡飯，到了室町時代，從中國而來的茶葉文化漸漸在日本民間普及，庶民以茶作泡飯，既節省飲食時間，又能提神。在江戶時期，泡飯更成為了民間主流食物，出現了專門賣茶泡飯的「茶漬屋」，也是當年的平民快餐店。

日式泡飯的配菜，可謂各式各類，如酸梅、三文魚、鱈魚子、海苔、吞拿魚、鰻魚、鯛魚等等，但任何以上的配菜（或你可以想像到的配菜），都不可能及上森鷗外的泡飯創意。

森鷗外是日本二十世紀著名作家，先於一八八二年在東京帝國大學醫學部畢業，並成為陸軍軍醫，及後以公費到德國留學，回國後寫成了經典作品《舞姬》。森鷗外的文學成就，我暫且不談，卻想談他的潔癖。

話說，森鷗外曾經跟隨歐洲醫學權威學習細菌學，他認為細菌無處不在，更有了嚴重潔癖。他不但會煮熱水果才進食（他死前的最後一道菜是水煮桃子），更特別喜歡蒸熱了的饅頭，簡單純粹，而且乾淨。後來，森鷗外更發明了「饅頭茶泡飯」。饅頭茶泡飯，顧名思義，就是饅頭，加入煎茶，再加上米飯。森鷗外的女兒曾經寫道：「父親用指甲白皙、美麗象牙色的手，將饅頭剝成兩半後再撕成四塊，放在飯上，淋上煎茶，吃起來好像很美味的樣子。吃饅頭茶泡飯時，總是請母親泡好煎茶，小孩們爭相模仿父親的吃法」。

「淡紫上品的甜美內餡」，森鷗外的女兒續說：「飄散芳香的青茶（父親稱煎茶為青茶，母親和我們也跟著這樣說），

兩者融合為一，再配上一等米煮成的清爽白飯，十分美味。或許讀到這段文字的人會覺得這是幼兒味覺，父親的舌頭有問題，但至今仍喜愛那深刻純粹的甘美，的確有著禪味。」

說泡飯有深刻純粹的甘美與禪味，我倒是認同，只是森鷗外以甜饅頭作泡飯的配搭，跟他的文字一樣，實在不太合我的口味。

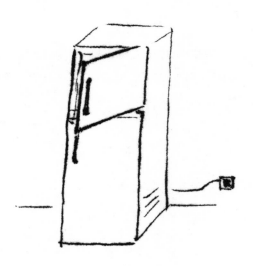

雪櫃

充滿暖意的冷氣櫃子

不知道大家會否跟我有同一個疑問：為什麼我們不會質疑家中成員擁有自己的私人床頭櫃、書櫃、衣櫃，但當一個櫃子有了空調以後，它就必須要成為一個公共的櫃子呢？對，我在說雪櫃，為什麼雪櫃總是公家的呢？

傳說中，雪櫃原型來自於公元前四百年古波斯的Yakhchāl，它也是公共的。資料說，Yakhchāl是古代蒸發式冷卻器，但對我來說，它更像一個冷卻倉庫：先在地下掘一個有五千立方米的空間或坎井，然後在地面上建約二十米高的圓頂形土牆，牆身有兩米厚，以沙子、泥土、蛋白、石灰、山羊毛等混合物而成。

當時的人會在Yakhchāl內存放冰塊、冷凍食物，而Yakhchāl並不是貴族獨有，卻是連平民百姓都可以集體建造而共享。據說，現在的伊朗、阿富汗一帶，人們還會以「Yakhchāl」來指稱雪櫃。

雪櫃總是共享的，而在我的成長中，只有一個人擁有屬於自己的雪櫃，她就是「太太」。小時候，家人教我稱呼她謂「太太」，而她的正式輩份是外太婆，即我的外曾祖母。

家人說，太太在鄉下時是一名受人尊敬的女漢子。當年，太太的家族既種田又開米舖，而太太常常取家中的

米去接濟有需要的村民。太太的大拇指第一節長得好古怪，像是第一節指頭轉了一個九十度圈一般，家人說那是她有一次用鐮刀收割時切斷了拇指，自行拾起斷指駁回而成，此事無從稽考，但我知道，在家鄉是女漢子的太太，來港後並不開心。

太太跟隨外祖父來港，但外祖父在我出生前就過身了，太太如是者與外婆一直同住，一住數十年。昔日在鄉下甚為風光的太太，被逼困在那數百尺的單位，與不太順心的媳婦，即我外婆同住，太太的脾氣越來越暴躁，而她的疑心也越來越大。太太會懷疑家裡的人在謀算她的錢財，於是她要有自己的房間、自己的鎖，甚至自己的雪櫃。

太太將所有貴重的東西收到她的房間，將珍貴的食物收到自己房中的雪櫃。家人既尊敬太太，又怕她，不會對太太的選擇、決定與行為說什麼，因為他們怕太太的質疑、埋怨與責罵。家人都不知道太太的雪櫃藏了什麼，除了我。

每一次，當我到太太家，她都會立刻帶我到她的房間，打開她用於珍藏的雪櫃，給我一瓶乳酸菌飲品。對，她要收到雪櫃的珍品，就是給我準備的飲品。

從幼稚園起，直到太太過世前，每一次到太太家，我都會

在她的雪櫃拿一瓶乳酸菌飲品。就算我明知道飲品過期了，我也會毫不猶豫的一飲而盡，然後怪責自己：是我太久沒有來探望她了。

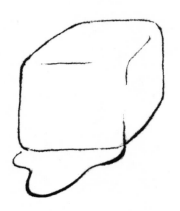

冰塊

一顆一顆的反叛

冰是一種獎勵，至少在我的個人成長裡。

想起冰，總是給我一種發自內心的愉悅。在忙碌了一整天後，回家喝一杯威士忌是享受，而加冰，是延長這享受的方法；在中學時，到茶餐廳食快餐，熱檸茶是基本，而當我願意花兩元加冰轉凍飲，那是出手闊綽的好心情表現；拍拖時，跟情人到雪糕車買橙冰，冰涼、味假、情真；又想起，在童年時，在冰箱取兩三粒冰，含於嘴裡或把玩於手中，已是大快事。

冰的快樂，單純直接。

製冰的方法相對現代，但用冰的歷史卻久遠。記載夏朝天文與農事知識（而不知道是否真的成書於夏朝）的古書《夏小正》，便有講述分派冰塊的儀式。到了周朝，分冰儀式更成了系統，有專屬官員負責，冰塊會用於宴客、祭祀和喪禮。

要用冰，就要存冰。冰窖可見於春秋戰國時期，當時的人從天然環境取冰，存放到地底密不透光的地窖，並可四季用冰。取冰不易，擁有地窖更難，可想而知，冰是當時皇族與有權階級的稀有資本，價格高昂。唐朝馮贄的《雲仙雜記》寫古人逸事，寫道：「長安冰雪，至夏日則價等金璧」。

到了清朝，冰更成了皇族獨有之物。原因非因價格，卻是文字的政治，因為「冰」與「兵」同音，所以有「非愛新覺羅氏不得儲冰或藏冰」之說。

中國的用冰史，多用於儀式，或是冰鎮，而非直接食用。而西方在古羅馬時期已有食冰的記錄，古羅馬貴族會快馬將山上的冰塊運到山下，淋上蜂蜜，配以水果享用。

有說，食冰的中西之別，在於中醫講養生，而冰是生冷之物，這又讓我終於明白，為什麼我從小愛冰、食冰，甚至喝一杯有冰的水都其樂無窮！

在清朝，漢人用冰是大逆不道，是一種大反叛；在我母親眼裡，我食冰是一種小反叛。母親認為，食冰是壞習慣，易感冒，更會壞肚子。因此，家裡禁止食冰，外出用膳更不許轉凍飲（母親總是懷疑街外食用冰不夠潔淨），造成了小時候的一個小禁忌：不許食冰。

既然不許食冰，自然會偷偷食冰，到長大後，更要自主食冰，作為一種補償，也成為了獎勵。吃下一顆一顆的小冰塊，滿足於無傷大雅的小反叛，哪怕我多次證實，在大熱天的運動過後食冰，是真的會拉肚子。

鑰匙

守護一份責任

一位做生意的朋友跟我分享一件「怪事」。事件簡單非常，就是他留意到一名年輕的員工表現不錯，既準時上班，又落力服務，於是他決定給這名員工升職，讓他管理一間新店。員工的職務基本不變，唯一的新任務就是要管理新店的鑰匙，並成為全店最早上班開門的那一位。

員工得知這升職消息後，不置可否，翌日卻表示拒絕升職。我的朋友大惑不解，而員工卻重複一句話：我只想準時上班下班，做好我的份內事。聽罷，我的朋友更加疑惑，而我卻反問：朋友，這有很難明白嗎？當員工未有準備好去擔當新責任時，他負責任地拒絕了新任務。

鑰匙代表著一份信任與責任的關係。每一把鑰匙都代表一樣要去守護的人或物。姑勿論守護的理由是善或惡，給予者對你有信任，信任你可以保管好這鑰匙，守護到鑰匙可以打開的空間，才會將鑰匙給你。

我第一條擁有的鑰匙，可以打開的不是住家大門，而是學校的儲物櫃。在家裡，我沒有得到任何一個可以上鎖的櫃子，卻在學校得到一個私人的儲物櫃。那是我第一個私人空間，也是我第一次可以自主的空間。當時的我沒有像青春校園電影的主角一般，在櫃中貼上心儀對象的照片，或華麗的裝飾櫃內層板，卻將儲物櫃弄成我的秘密盒子，將

所有我不願見到但又不能扔掉的東西放進去。

那是一條通往我的秘密的鑰匙，我好記得它，但即使說到「好記得」，我又真的記得那鑰匙的模樣嗎？

我的意思是：我們往往只會記得鑰匙的印象，而不是它們具體的模樣。我們或者會想起那方方正正的鑰匙是大閘的，圓圓的是信箱，銅製的那個是開單車鎖的，而當我們真的被逼要回想起一條鑰匙的模樣，甚至要準確畫出一條鑰匙的形狀，這大概是強人所難，但又讓我想起一個故事。

話說，在一九七九年的十二月，南非茨瓦內市的普勒托利亞監獄發生了一次逃獄事件，一個名為提姆詹金（Tim Jenkin）的囚犯，與兩名囚友成功逃獄。

提姆詹金是一名在南非出生和長大的白人，並成為了反對當時種族隔離政策的社會運動分子。當時，提姆詹金以搶人耳目的方式宣揚他的平權意識，並於一九七八年三月二日凌晨被捕，及後被送到監獄。

在獄中，提姆詹金認識了其他的政治犯，並開始策劃他們的逃獄計劃：製造「越獄鑰匙」。原來，提姆詹金是一名

眼力過人的巧手木匠，他趁獄卒在飯堂巡視的時候，憑肉眼記下獄卒腰間鑰匙的形狀，回到房間繪製設計圖，並在木工房偷來各種材料，最後製作出十把「越獄鑰匙」。經過一年時間的鑰匙製作與路線演練，提姆詹金終於與同伴成功逃獄。

此時此刻，我竟然想起如此種種，不過是因為一個事實：我想不起我的備用辦公室鑰匙放哪裡了，遑論要想起那鑰匙長什麼的模樣。

迴轉木馬

造作的浪漫

迴轉木馬是不少人的浪漫符號，有人會想起一幕幕經典電影場面，又有人會想起情竇初開的青春時光，而我，卻總是不以為然。

我不明白這龜速的機動遊戲之樂趣何來，更不理解這個颼颼轉轉卻是原地踏步的木馬何以象徵美滿的愛情，直至我遇上村上春樹的一本短篇小說集，書名為《迴轉木馬的終端》。

這個書名是浪漫的，是文字的浪漫，是概念的浪漫。木馬迴轉，又何來終端呢？在愛情裡，在人生中，我們是邁向一個美好的終端，還是一直循環迴轉呢？單單看了書名，我便立刻掏出錢包付款買書了。

回家開卷，村上寫道，人生「很像迴轉木馬。它只在固定的場所，以固定的速度巡迴轉動著而已。什麼地方也去不了，既下不來，也不能轉車。既不能超越別人，也不會被別人超越。不過雖然如此，我們依然在這樣的迴轉木馬上，看起來彷彿朝著假想的敵人，拼命往終端展開猛烈的衝刺似的」。

當我滿心歡喜，以為村上要以此寫成怎樣的小說時，才知道此乃書名而已，卻不是任何一篇短篇的故事，確實貫徹

了迴轉木馬一如既往給我的失望。

迴轉木馬的原型，可以追溯到中世紀的歐洲及中東，而其中一個傳說的版本發生在十七世紀。一六六二年，為了慶祝路易十四的兒子誕生，六百名法國貴族騎士齊集羅浮宮廣場比武獻技。在廣場新建的羅馬式圓形競技場上，有一萬五千多名賓客，而騎士們則分成五個小隊，分別以鮮艷的服裝扮成突厥、波斯、印度、印地安、古羅馬的軍隊於場中驅策坐騎，裝模作樣地衝刺，而他們騎射出來的不是利箭，卻是五光十色香氣撲鼻的彩球。

這場盛會的廣場，如今稱之謂「卡魯索廣場」(Place du Carrousel)，而迴轉木馬的法文正是「carrousel」，原意是「一場小戰役」。盛會的高潮，在於路易十四親自披甲上馬扮演羅馬皇帝出場的一刻，而這盛會的餘溫，則蔓延到貴族與民間。人們口耳相傳這次盛會，而數百年後，甚至以機械旋轉的木馬，重演當天的盛況。

然而，當日路易十四之所以弄一場大龍鳳，真的因為誕兒，或是彰顯權力嗎？伏爾泰 (Voltaire) 卻說，那一場盛會不過是要打動情婦芳心，目的是讓路易十四藉機展示魅力。這份造作的浪漫或許就這樣隨著歷史，留存在迴轉木馬的機械核心之中。

然而，造作的浪漫，也是浪漫，就像低俗的甜，也終究是一種甜。我們認為別人的浪漫造作，只是因為那一份浪漫不屬於我們的。迴轉木馬的浪漫可能造作，但在其中迴轉的笑聲卻是真實。

又說，迴轉木馬算是小物嗎？當然不是，試問有多少人可以擁有一座迴轉木馬呢？我只是在忐忑要不要買下一個迴轉木馬小裝飾，同時試圖寫一篇文章說服自己，不要亂花金錢，以免輕易表露自己造作的本性。

詞 典

放 著 的 經 典

紙本詞典是我書房必然放著的小物。放著的時間多，用的時間少，但只要它放著放著就能夠叫我安心。或許，這就是經典小物的一份魔力。

在小學時，英文老師推介了兩本英文詞典給我們選購，一藍一紅。我當時選了藍色封面的那一本，原因是名副其實的「貪圖」，貪它的多圖，而且它的圖片更是彩色的。後來，我才知道紅色的那一本詞典才是經典，經典到有它自己的專有簡稱：*OED*。

OED，*Oxford English Dictionary*，即《牛津英語詞典》，而 *OED* 的故事，可以從一八五七年說起。話說，當年的十一月，「語言學會」(Philological Society) 收到一份提案，指出當時不同詞典有「字詞解釋不一致」的現象。有見及此，委員會成員理察・特倫奇 (Richard Chenevix Trench) 提議製作一部全新而全面的詞典。

特倫奇的啟動工作只維持了一個月，便將職務交給正正式式的「首位編者」赫伯特・柯爾律治 (Herbert Coleridge)。在此，柯爾律治領導的編輯部向英美兩地的志願者徵集「詞卡」，邀請讀者將文學作品裡讀到的單詞寄給編者。

詞卡規定於左上角寫上「單詞」（headword），第二項寫上「閱讀日期」，第三項是「全句引文」，第四項是「作品的書名或篇名」。如是者，編輯部收到海量的詞卡，充斥各式各類奇文怪詞，令到編輯部不勝負荷。

新詞典計劃一波三折，編者崗位數度轉手，進度緩慢，直到約二十年後的一八七六年，編輯位置交到詹姆斯·穆雷（James A. H. Murray）手上才見到曙光。

穆雷接手後，重新啟動詞卡募集的呼籲，鼓勵志願者除了注意罕見或古怪詞，更要寄來常用詞。編輯部會將收到的詞卡按歷史出現時間放到編詞盒裡，並以此梳理出詞源與詞義的變化。每一個詞的最後一個工序都會交到穆雷手上：寫下拼音，選用最好的引文，以及寫出詞的定義。

穆雷接手計劃兩年後，牛津大學出版社答應出版詞典，而新詞典計劃也正式成為「OED 出版計劃」。OED 的編寫一共花了四十多年。其間，編輯部收到志願者寄來的五百萬張詞卡，涉及四十多萬個單詞與一百八十萬段引文。當中，最為人津津樂道的志願者一定是威廉·米諾（William Chester Minor）。

米諾本是一位美國軍醫，卻患上思覺失調與精神分裂

症，在一次殺人事件後被判入住精神病院。在偶然的情況下，米諾開始以書信的方式為 OED 提供所需的引文與詞卡。最後，米諾更成為了其中一位最多貢獻的志願者。穆雷與米諾的故事，被作者西蒙‧溫徹斯特（Simon Winchester）寫成了暢銷書《教授與瘋子》（及後更改編成由米路‧吉遜與辛潘主演的電影）。

我找來了《教授與瘋子》的英文版本一讀，還特意找出了我那一本塵封了的 OED，一邊讀一邊查字，算是滿足自己的一點小懷舊。

螢光筆

意外的成果

螢光筆是我閱讀時的必備物品。我為自己使用螢光筆的方法，定下了準確的規則：黃色，代表一般重點，或金句；綠色，代表我欣賞的修辭、生字，以及其他跟語法有關的；紅色，一般用於有故事的內容，是用來提醒我有關情節的注意事項，如人名、伏筆、轉折、謎團解說等。

黃色螢光筆，是我消耗得最快的文具，也是全球螢光筆銷量中最受歡迎的顏色。黃色螢光筆大受歡迎，其一在於實用（紅綠色盲者也可使用，而紙上的黃色標記在影印後不會造成髒髒的痕跡）；其二在於象徵，因為歷史上第一枝螢光筆的顏色，就是黃色，其於一九六三年《生活》雜誌上的廣告文案是這樣的：「螢光筆 —— 清楚、透明可讀、亮眼的黃色」。

今時今日最常見的螢光筆品牌，首選 STABILO。這款產品簡單地組合了螢光筆的三個重要元素：螢光墨水、胖胖扁扁的筆身，以及纖維鑿子筆頭，而大家有所不知，前兩者的出現都源於意外。

話說，在一九三〇年的加州，發生了一次卸貨工業意外。意外中，一名卸貨工人嚴重受傷，並昏迷了數個月。儘管他其後甦醒，但視力受損，醫生建議他留在暗室裡生活，減少接觸陽光，待視力慢慢恢復。在這期間，他對暗室裡的紫外線、螢光物料，以及磷光性化合物產生了

興趣。其後，他與弟弟以父親藥局儲存室裡的原料做了不少關於螢光漆料的實驗。這位意外受傷的工人，就是之後研發出螢光墨水的勞勃・史威茲（Robert Switzer）。

有關螢光筆的第二個意外，發生在一九七〇年代。當時STABILO品牌的團隊正研發一款具有原創性的螢光筆。設計團隊提出了一個圓錐形的設計（即一頭大一頭小的圓形筆身），並將這自以為無懈可擊的黏土樣本送到老闆君特（Gunter Schwanhausser）的桌上，卻得不到他的欣賞。

傳說，其中一位本來對設計信心滿滿的設計師，一怒之下，一拳打在黏土模型上，本來圓圓的黏土筆身頓時給壓扁了。老闆君特見狀，竟然甚喜，這形狀也成為了時至今日依然能見到的「胖胖扁扁」設計。

君特將此螢光筆命名為「BOSS」，而除了筆身的形狀，此筆的另一個重要設計是其鑿子筆頭被削去了一角，好讓使用者可以控制下筆的粗幼，粗的一端可以畫出半厘米的粗線，而筆頭一轉，小的一端則能畫出兩毫米的幼線。

因為兩次意外，人類文明得到了螢光筆的兩個基本元素，但有關螢光筆最討厭的意外，始終只有一個，那就是：當我畫歪了一條黃色螢光線，而又忍不住將它越畫越粗，以至畫到頭皮發麻之時。

書架

填充的慾望

一九七七年，加州人寇利（Charles Coley）向美國政府申請發明專利，他的發明是「書籍彈射器」。這個彈射器像一片跳板，置於書架內壁，「利用作用力與反作用力的原理」將插在書架中的書彈出，其使用方法是當你要抽取一本書時，你先將那本書往書架裡面推，裝置的彈簧與片板便會將書從書列中推彈出來。

沒錯！這項要申請專利的偉大發明，就是為了解決一個問題：從書架上拿出一本書。這項專利申請最終獲批，專利編號為 4050754。究竟，怎樣的人才會發明這樣的裝置呢？不外乎是天天與書架（與書）為伍的人。

愛書的人不少，但相對地，講究書架的人不多。我的第一個書架是我小學時候的床頭櫃，而在那一個床頭櫃，除了有書和筆記，還有玩具和雜物。那一個書架，或叫書櫃，可算是我哲學思維的啟蒙。十歲左右的我在想：若無書，這櫃還叫書櫃嗎？沒有書的書架，可以稱作書架嗎？

沒有書的書架，不過是一個普通不過的層架。因此，書架總是有被填充的慾望。

我自己購買的第一個書架，置於我第一個自己的家，也是我初次踏入學術世界的時候。當時，文藝學術界的朋友都

流行問一個問題：你有多少個「Billy」？誰是 Billy？話說，某知名北歐連鎖傢俬品牌慣以人名命名它的傢俬，而它的一款最便宜的書架之名字，就是「Billy」。

在與父母同住的時候，我已有一定的藏書，藏書量不足以自豪，卻足夠構成了家人的負擔。大量的書密封於紙箱之中，在家中垂直式堆疊，不見天日，而當我搬進了新居，終於可以將箱中的書放到 Billy 之上，那一刻看見書本整齊地填滿了書架的感動，至今仍令我回味。

說到填滿書架的事，想起《布魯姆斯伯里評論之愛書人指南》（*The Bloomsbury Review Booklover's Guide*）提到了一個方法去測試書架的書是否放得太擠：「你能否用食指和中指從封面和封底抓住一本書，把它輕輕從書架中抽出來，卻不會拉動緊鄰的別本書？」。

這方法有道理，但不切實際，至少在書架出現於家中三個月後，就不切實際。在我的經驗，當你與書架生活三個月後，買書放書見縫插針，置於書架的書早已不再整齊，橫橫直直高高低低，怎可能從中抽出一本書而不牽動緊鄰的書呢？

空空如也的書架，有被填充的慾望，被塞得滿滿的書架，

也有反芻的回饋。當你的書放得太滿，書架自自然然會告訴你。

還記得，在我搬入新居半年的一個深夜，書房傳來一聲巨響。我開門一看，原來，書架上的書實在太多，太多致隔板下彎，下彎嚴重致掉落，最終，Billy 吐出了一地的書。

車轆

沒理由的存在

傳說，王爾德曾經說過「第一個用花比喻美女的人是天才，第二個用花比喻美女的是庸才，第三個用花比喻美女的人是蠢才」，而我想，讚美人如是，罵人也如是。當我聽到有人罵另一個人是「地底泥」，我心裡總會跳出王爾德的名言。難道你就沒有多點罵人的創意嗎？例如，你可以罵我：你就是一個破車轆。

車轆，可以很貴，但它的存在條件很差。它要不是不斷在凹凹凸凸的路上滾動耗損，就是停在原地承受千斤的重量，又或成為了被棄置在路邊的垃圾。我有時會想：車轆自己是怎樣想的呢？它認同自己的生命嗎？終於，我找到了一套由法國導演昆丹·杜皮埃（Quentin Dupieux）於二〇一〇年自編自導的怪誕電影，名為《轆地魔》（Rubber），電影片長八十分鐘，而主角是一個破車轆。

《轆地魔》以後設手法講述一群人在現場觀看一套「電影」，而這是一套車轆殺人的「電影」。沒錯！不是有人開車殺人，也不是殺人犯以車轆作為工具來殺人，而是一個自我滾動的車轆四處殺人的故事。

車轆，就是主角。它在碾平了塑膠樽與蠍子之後，學會了使用暴力的快感。後來，在它無法碾碎玻璃啤酒瓶時，學會了有破壞力的念力。從此，車轆便以念力殺人。車轆是

一名連環殺人狂，它先後殺死了加油站的途人、打掃房間的清潔工、汽車旅館的店主，最後還殺了本應在「電影」以外的觀眾。

故事結局是車轆逃過了警察的追捕，轉化成一架三輪車。三輪車繼續上路，喚醒了沿途上千千萬萬的車轆。我視此電影為「物自身電影」之經典，以物作為主角，以物的意識取笑人的荒謬，詢問：為什麼車轆與生俱來就要滿足人類的需求呢？為什麼車轆就不能有自我存在的理由呢？

你或許會問：面對如此無聊的電影，我們有必要那麼認真嗎？我們都應該珍惜認真做無聊事的人，因為他們常常能夠引來更多、更大的啟發。為什麼他們要拍一套車轆殺人的電影？電影開場白是這樣說的：

「在史提芬・史匹堡的電影 E.T. 裡，為什麼外星人是棕色的？沒理由。在《愛情故事》裡，為什麼兩個角色會熱戀得死去活來呢？沒理由。在奧利華・史東的電影《驚天大刺殺》，為什麼總統忽然之間會給一個不認識的人暗殺呢？沒理由。在陶比・胡柏的出色作品《德州電鋸殺人狂》裡，為什麼我們總沒有見到戲中人像現實生活一般上廁所或者洗洗手呢？絕對沒理由。」

「我可以加多個小時繼續舉出更多例子，那是沒完沒了的。」敘事者續說：「你們大概從來沒有想過，但所有出色的電影，毫無例外，都包含一個重要元素 —— 一個『沒理由』。你們知道為什麼嗎？因為人生本來就是充斥著『沒理由』。」

話說回來，為什麼我要寫「車轆」，而你又閱讀至此呢？答案，不是顯而易見嗎？

即食麵

永遠美味的秘密

即食麵的美味是屬於神奇級別。在我記憶中的幾個「最美味時刻」，我手上的食物都是即食麵。

第一個時刻是深夜時刻。即食麵是宵夜的不二之選，尤其在電話外賣服務還未盛行之時。第一次在深夜吃即食麵是在舅父的家。當時，足球直播頻道不是每家每戶都有，我有時會在周末到舅父家深夜看直播，賽事前前後後的時間還會一起玩足球遊戲直至凌晨時分。對於一個總是早睡早起的初中生，這是一晚的狂歡。在狂歡的夜裡，即食麵是一種放肆的味道。

第二個時刻是嚴寒時刻。有一年冬天，我與朋友到首爾玩滑翔傘。地點在遠離市區的山上，我們吃過輕便的早餐後，便從酒店出發。上山途中，天開始下雨。我們深知不妙，不妙有二，一是寒冷的天氣會變得更寒冷，二是我們有機會千里迢迢來到而玩不成滑翔傘。

在山上，雨在下，人在等，等待天空有百分之四十的機會在數小時後放晴。我們在小木屋中百無聊賴，越等越餓，而在此飢寒交迫之際，我們沒有更多的選擇，也不需要更多的選擇：我們煮了即食麵。在飢寒之中，即食麵有一種填充身心的拯救味道。神奇的是，吃麵後，天真的放晴了。

話說，即食杯麵的流行，正是源於一次拯救事件。一九七二年二月，數名聯合赤軍在日本長野縣輕井澤町一個名叫「淺間山莊」的地方挾持人質十天。事件最終以警察強行攻入山莊作結。當日，電視直播警察攻入山莊的一刻，電視台最高收視率接近百分之九十，但受人注目的挾持事件，又何來跟杯麵有關呢？

話說，當時正值嚴冬的輕井澤，溫度平均低至攝氏零下十多度，而在電視轉播時，觀眾見到包圍淺間山莊的警方以當時不太受歡迎的杯麵作為補給食物。他們在嚴寒下冒熱氣的吃杯麵的畫面，全國轉播。從此，杯麵從原本作為緊急充飢的糧食，頓時成為全國流行的食品，影響至今。這個十天挾持人質事件被稱為「淺間山莊事件」，就這樣成為了史上最成功的即食麵廣告。

第三個最美味的即食麵時刻，與我的父親有關。在小學時，父母總會在暑假相約幾個家庭一起到大嶼山的度假屋宿營。我對於宿營的記憶剩下不多。我記得宿營發生在周末，兩日一夜；我記得那是一座三層樓高的村屋，而我們租用的空間包括中層二樓與地下單位，以及地下對出的空地；我記得那簡單的裝修，白色的牆，雲石地板，竹製家具，每層有兩間房間與一個廳。我還記得什麼呢？

我還記得，我吃了父親第一次煮的即食麵。在宿營的第二天早上，父親比誰都早起，並以前一晚燒烤剩下來的食材配上即食麵給大家準備早餐。大家都大讚這份即食麵美味，父親則自豪的說：「麵都過了冷河啊！」而我心想：為什麼我就從來沒有見過你在家煮食呢？對了，我終於明白我的即食麵秘密，即食麵美味，只因我少吃。

枱 燈

綠寶石一般的光

物戀的過程，令我明白到什麼是草率。

草率，固然是主觀的個人問題，但還是有一定的客觀條件：當我們有了一個具體的需求，要找某物填充那需求，但同時還未有找到或知道最愛的那一物時，我們便容易草率。

舉例，我曾經草率的、不斷的，更換我的枱燈。我有自己第一個家，有了自己第一個書房，有了第一張真正屬於自己的書枱，於是我需要一盞枱燈。那時候，我不會講究枱燈，卻先有了照明的需求，所以草率的買下了第一盞。

草率的買下，勉強地使用，又草率的買下另一盞，直至下一次的不滿意。草率，往往因為未遇上最愛，遇上了，你便學會謹慎的珍惜。我草率買枱燈，直至我擁有了一盞「綠寶石枱燈」（Emeralite Desk Lamp）。

你一定見過綠寶石枱燈。它有一個綠色的燈罩，形狀像一個倒置的小浴缸，配上穩重的銅質台座。在一九〇九年，美國人哈里森・麥克法丁（Harrison McFaddin）參考英國王室的燈具，設計了第一款綠寶石枱燈，隨即風靡美國。第一款綠寶石枱燈的臂架是直立的，後來又改成弧形設計，但百多年來唯一不變的，就是翠綠燈罩，燈如其

名，映出綠寶石一般的光。

綠寶石枱燈常見於圖書館，後來又受到不少銀行家的歡迎，故又名「銀行家燈」（Banker's Lamp）。當時的銀行家工作通宵達旦，他們認為綠寶石枱燈映出的柔和光線，不易令眼睛疲勞，特別適宜晚間工作。有說，綠色燈罩映出的光線散佈室內，可以減少紫外光和紅外線，有助預防角膜炎和白內障云云。對我來說，這聽起來像都市神話。

又說，我是因為以上的光學功能而大愛綠寶石枱燈嗎？我承認，那可以旋轉而調出不同照射角度的燈罩是相當方便的，我也承認，綠寶石枱燈散發的古典韻味實在吸引，但我真正戀上綠寶石枱燈的主因，好可能是它在電影中的出鏡率。

幾乎每一套我喜歡的電影，從懸疑片到卡通片，都有綠寶石枱燈出場。讓我隨便數一下：《七宗罪》、《沉默的羔羊》、*A Beautiful Mind*、《大魚奇緣》、*Oldboy*、《心跳 500天》、《怪獸大學》、*About Time*、*IT*、《黑暗對峙》，以及無數集的 *Mission Impossible*、《蝙蝠俠》，以及《占士邦》……

廢紙

翩然飛舞有時

我曾經在一所大學工作了七年，然後離職。離職，便要整理辦公室。七年的工作量，除了讓我賺來了一大班學生，寫出了一小堆論文和書，還產生了一大堆廢紙。廢紙，包括會議議程、會議記錄、田野筆記、課程大綱，還有各種草稿，如論文草稿、建議書草稿、財務預算草稿、推薦信草稿，等等等等。

面對一大堆廢紙（以及部門再三提醒要盡快騰空辦公室的壓力），我爽快地將它們扔進紅色加密塑料袋（而我必須強調此刻的「爽」是人生的其中一個高峰），同時，我念著：究竟我之後多少輩子要做樹，才能還清我今世的業呢？

又或者，我會成為紙鬼。

紙鬼之說，主要流行於日本。在日本，農曆十月又名「神無月」，顧名思義，各地神靈在十月都不在庇護人們，因為祂們都跑去聚集在「出雲國」，一齊開年度大會。因此，每年的神無月，就會有各式各類古靈精怪出沒，包括紙鬼。

紙鬼，又叫紙舞，即在沒有風的情況下，紙張不休地翩翩起舞。第一個遇見紙舞的人是一個放高利貸的貪婪者。當時，他盯著欠單，興高采烈的打著算盤，欠單卻突然飛到

空中，成了紙舞，嚇到他失魂落魄。

紙舞，會有多可怕呢？紙張起舞，好像還滿有詩意的。不過，若紙舞化成利刃高速飛行，劃破我們的臉龐，並與紙筆墨硯一同騷靈，這又作別論。

小時候，我也遇過「紙舞」，而且常見，只是我見的「紙舞」是屬於物理形象。老家近海，父母又喜歡打開窗戶，於是每次我攤開紙張畫畫寫字，都好容易遇見「紙舞」。

當時我畫畫寫字的紙，也是廢紙，是爸爸從公司拿回來的電腦打印廢紙。那一種舊式電腦打印紙，像放大了的收銀機收據，紙的兩邊帶孔，而每一張都連在一起，必要時才一張一張撕下來用。記憶中，每一張紙都比 A4 大（但小時候的記憶，總是放大了事物，無論是像大腳板的雪條，還是開心傷心事），適合兒時的我亂畫亂寫。

走筆至此，忽然想起了一個情景：當時，父親放工回家，打開鐵閘，我眼見他手上捧著的一大疊紙，那一刻我心中感到的巨大喜悅是多麼的實在。別人的廢紙，可以是我的寶物，而哪怕有天，我要償還浪費紙張的債而成了廢紙，我也要記得化成紙舞，翩然飛舞，悠然自得。做紙如此，做人亦然。

電話

舊日的先進

曾幾何時，電話是家裡最先進的資訊科技物件。這個「電話」是指有電話線連接在家或公司的固網電話，又說，我們都假設電話是指固網電話，才會稱隨身電話為手提電話。當然，這樣的稱呼也在過渡當中。

我成長在從固網電話過渡到手提電話的時代。還記得我二十多歲，第一次離家獨居，搬入新居不久，父母問我要電話號碼：

「什麼電話號碼呢？」我說。
「你新居的電話號碼啊！」
「沒有新居號碼啊。」我說。「你們有我的手提號碼。」
「所有人的家裡都要有電話的。」
「我沒有打算安裝電話。」
「怎可能呢！」

「怎可能呢！」這是父母懷疑我存心隱瞞的斥責，而不是疑問。當時，很多人都沒法想像家裡怎可能沒有電話，而曾幾何時，家裡的電話真的充滿了可能，它不只是一個可以接駁到另一戶人家的物件，還是家中最神奇的一個資訊出入口。

在沒有互聯網的日子，電話就是連接外面世界的玩意，

而小時候我相當熱衷其中。我已記不起當時牢記在心的各類輸入號碼，但我記得，我可以打電話問時間及天氣。對，是問時間，那是天文台發佈的準確時間。當時家裡有三個時鐘，而每一個時鐘都指著不同時間的年代，這是很重要的資訊。

我還可以打電話問電話號碼。那是我兒時訓練膽量的練習，也是我第一次打電話給「陌生人」。當我打電話過去時，對方會有一位「接線小姐」接聽（我從來沒有聽過對方是一把男聲），我告訴她想查詢的公司名或地址，她會叫我「請等一等」，在一段電話音樂以後，她便會答我那公司的電話號碼。有時候，我會跟「接線小姐」多聊兩句，主要是因為我給的資料不清晰，她找不到。

那時候，電話還可以預設鬧鐘功能，大概是在電話鍵入＃什麼什麼，然後再輸入日子與時分便可以了，最後鍵入什麼什麼＊之類。那麼，我怎樣知道成功設定了呢？當你輸入完畢，電話會以特別的「嘟嘟聲」回應，它以電子語言回應我的舉動，像有靈一般。

手提電話與互聯網的出現，令這些電話的功能與靈氣（甚至固網電話本身）都變得多餘，都成了懷舊。但我在懷它怎麼樣的舊呢？

或許，我想念的是一種既與外面接通，但又有所距離的感覺。當一切變得太快太急太近，我便會懷念慢活與靜好的舊日，除了那些不知道哪個壞蛋半夜襲來的整蠱電話。

摺扇

從傳情到調情

西班牙浪漫主義畫家哥雅（Francisco Goya）有一幅早期作品稱為《陽傘》。在畫中，一位奴僕在風和日麗的大白天為一位女婦人舉起陽傘，婦人一臉安逸，小狗安睡在她的長裙上，而婦人手中握著一把摺扇。

婦人手中的摺扇沒有打開，不禁叫人疑問：究竟婦人是熱，還是不熱呢？不熱的話，何以要僕人舉起陽傘？熱的話，又何以不撥扇呢？理由很簡單，因為摺扇不是用來撥的，正如鑽石錶不是用來看時間。

摺扇，又稱和扇，是十六世紀從日本傳入歐洲的珍品。當時，葡萄牙商人從亞洲帶來了林林總總的新奇事物，除了香料、絲綢，還有專門獻給西班牙公主的摺扇。當西班牙公主與貴婦（包括哥雅畫中的那一位）都人手執一摺扇後不久，此異國而來的新潮旋即傳遍歐洲，從上流社會到民間，從宮庭到歌劇院，流行至十八世紀。

英格蘭詩人約瑟夫‧艾迪森（Joseph Addison）於一七一一年寫道：「女性佩扇一如男性佩劍」，摺扇成為了女性的情感武器，「端莊淑女手中的扇子，一見便知其人是帶笑意、是有不滿、還是害臊」，它隱藏了心意，又吸引了扇外的人更加留意你的心思。

然而，情感的增長總是不在人的控制之中。作為傳情工具的摺扇，慢慢成為了調情的符號。在十八世紀末，當人說某女子正在「搖扇子」，其意思是「狐狸精拿賣弄風情作消遣」，「遊戲男女情愛，沒有認真的意思」。

到了十九世紀，摺扇傳情已經建立了一套語言系統，更有地域差異。例如，當時有專書談及西班牙人「拿展開的扇蓋住左耳」，意思是「我們倆兒的秘密可別說出去」、英格蘭人「拿半開的扇子遮在唇上」，即表示「你要吻我嗎？可也」。

我又想，活在當時歐洲的摺扇，它們自己會怎樣想呢？或許，它們會羨慕自己在日本的祖先之單純。

摺扇的原型是和扇。傳說，在公元七世紀，有一名隱士叫豐丸。豐丸喜歡製作各種手工藝品，並製作了第一把和扇獻給天智天皇。天皇整天把玩著這把和扇，愛不釋手；而到了九世紀，手持和扇更成為了天皇朝中之必備禮節。如此重要的器物流入民間，便成為了男女訂情之物，以扇相贈，以表此情不渝。

說了這麼久，為什麼當初我會擁有人生第一把和扇呢？是我遇上風情萬種之人？還是，跟誰私訂終身？非也，不過是天氣真熱，撥扇真涼，買扇自用。

開 信 刀

爽 快 利 落 的 破 壞 力

因為小物帶給我的回憶、故事，以及幸福感，我在寫這一本關於小物的書；但遠在法國，卻有一位日本作家比我批判力高，也比我誠實得多，他寫了一本書，題為《衝動購物日記》，這位作者的名字是鹿島茂。

鹿島茂有不少暢銷著作，包括《想要買馬車！》、《巴黎時間旅行》等，而這一本《衝動購物日記》貫徹了他的幽默筆風，列舉了他的衝動消費清單。這些物品有些聽起來相當尋常，包括太陽眼鏡、碎紙機、炭火爐、電腦等等，但有些聽起來卻有點奇異，例如小腿肚暖風機、體脂肪計、腹肌訓練器、中華健康棒、便宜旅遊套裝行程。

「只有透過書寫購物日記」，鹿島茂寫道：「才能讓人明白(物品)：簡單來說，這就像小朋友在玩具店買東西一樣快樂；也像一個工匠，就算東西不是自己製作，也喜歡把已經做好的東西放在身邊，讓它跟隨自己。擁有一件朝思暮想的物品，就是擁有了自己的宇宙」。

無論用品尋常與否，鹿島茂寫下來卻是一幕又一幕因為不同原因而來的衝動購物過程，原因可能是無孔不入的廣告，可能是家人的推介，也可能是自我的虛榮心。買下來的東西，「有的好用到一用再用，有的則是立刻束之高閣」。書中多篇文章，我讀起來都有莫大的共鳴，尤其一篇有關開信刀。

「有一封信、一封寄給自己的信送到了」是一件快樂的事。因此，當我收到讀者來信時，總是格外歡喜。鹿島茂也是一樣，喜歡收信，卻又因要拆信而困擾。

鹿島茂寫道：「雖然被手指撕破的信讓人感動，但如果可以的話，我還是希望信封可以被撕得漂亮些。如果是廣告信函之類，用手指撕破還沒有關係，如果是私人信件就不太好。當之後想要重新再讀一次時，若信封用手撕得像狗啃般，總覺得有些丟臉」。

到了近五十歲時，鹿島茂才匪夷所思地首次認識「開信刀」一物，雖然喜歡，但又懷念「用手指拆開信封」的原始感覺。而我，倒沒有這樣的掙扎，自從用了開信刀後，愛不釋手。

開信刀給人一種利落而整齊的破壞力。只要是開信刀的前端可以進得去的縫隙，哪怕再小，都可以馬上割開信封。刀刃割開信封的聲音清脆，還留下一條利落的開口。

我尤其喜歡積存一小堆非急件，如廣告、信用卡帳單等，留待無聊的周末下午，或腦袋不能運作的工作日晚上，用開信刀一封接著一封的拆開，爽快非常，算是自我療癒的一個小怪癖。

領 帶

缺點的指涉

我喜歡買領帶，卻甚少打領帶。我喜歡講究打領帶的方法，如溫莎結、十字結、雙環結等等，但卻在隆重的場合，也不怎麼打領帶。為什麼呢？因為領帶是一件指涉缺點的好物。

關於領帶的起源，有數個說法，每一個都彷彿暴露男性某方面的缺點。有說，中世紀的英國男人，進食時粗枝大葉，直接徒手拿起食物便往嘴裡丟，而當他們弄到滿臉骯髒時，往往就以衣袖抹之。

婦女們受夠了清潔沾滿食物污垢的衣衫之苦，心生一計，先在男人的衣領下掛上一塊布，讓他們以此布擦嘴，再於衣袖上縫上小石子，令男人若以衣袖擦嘴便會被小石子刮傷。於是，領帶與袖扣同時誕生。

以上一說強調男人的邋遢，卻又低估了他們的劣根性。我相當懷疑，領帶與袖扣真的可以令一個生性邋裡邋遢的男人注意儀容嗎？

又說，領帶的發明跟殺戮有關，說古羅馬時期的戰士們，胸前都繫著領巾。當他們殺敵以後，會以此布擦走刀上的血。久而久之，擦刀布留下了血紋，也啟發了日後現代領帶的條紋設計。如果此說屬實，我只能說，人類對於

自己的暴力兇殘，實在到了極端無恥的程度（但我們對於如此的無恥又不會陌生）。

又有一說，說法國人於某次戰役敗北，戰勝的東歐某國騎兵隊昂然進入巴黎，騎兵隊都圍上了鮮艷奪目的項巾，而戰敗的法國人竟然覺得此領巾好看而爭相仿效。此荒謬之說，怎樣看也像是挖苦法國人的浮誇而多於史實，尤其是我們知道最早有記載領帶的史料是在一六六八年，法國國王路易十四在巴黎檢閱克羅地亞僱傭軍時，留意到了他們衣領上的亞麻布領帶。

說到領帶的浮誇，不得不提十八世紀的英格蘭「首席花花公子」布倫美（Beau Brummell）。話說，布倫美喜歡在頸項圍著一條上漿的棉布領巾，並作為他的個人標記。其中一位傳記作家寫道，每天早上都會有一班達官貴人擠到布倫美的衣帽間，欣賞「那一片領子已經在他的襯衫上緣固定好了，好大，大到摺好之前會蓋得他一頭一臉」，而布倫美的浮誇領帶，亦成為了英國攝政時期的倫敦男人時尚。

因此，我是基於領帶聯想到的男性邋遢、兇殘、浮誇，而不愛打領帶嗎？非也。我所謂「領帶指涉缺點」，是指我個人的外貌缺點：打了領帶的我，總是像一個乳臭未乾的小屁孩。

結他

自學自彈自樂

古希臘神話充斥著各種似是而非的荒謬，其中一則是阿波羅的求愛故事。話說，掌管音樂、藝術、寓言的太陽神阿波羅，個性自高自大。有一次，他嘲笑愛神厄羅斯的箭術，厄羅斯為了報復，便一箭射中阿波羅，令到阿波羅瘋狂迷戀仙女達芙妮。

阿波羅對達芙妮展開猛烈追求，窮追猛打，逼得曾經發誓要像狩獵女神阿耳忒彌斯一樣永保童貞的達芙妮苦無退路。在最後的關鍵時刻，達芙妮向父親河神珀紐斯求助。在阿波羅快要抱上達芙妮之際，河神珀紐斯將女兒變成了一棵月桂樹。

從此，月桂樹成為了阿波羅的聖樹，而又有延伸的傳說，說傷心欲絕的阿波羅將懷中的月桂樹，按照達芙妮的身段曲線，製成了一件可以彈奏出溫柔音樂的樂器，那就是結他。

我間中就會聽到有人說起阿波羅追求達芙妮的神話，或月桂樹成為結他的傳說。這不足為奇，而最奇的是說者及聽者往往形容這是一個浪漫的神話故事。

這神話浪漫嗎？在我看來，這明明是源於兩個男人阿波羅與厄羅斯的幼稚爭執而成的悲劇。一個霸道的暴力男阿波

羅意圖強搶良家婦女，逼得對方以死守節，終於成為了月桂樹，而男方卻還未甘休，要變態地以此雕琢成一件紀念品，名為「結他」。

我與結他的往事，也是有關改變，只是我沒有變成月桂樹。

回首舊日，高中的日子是人生的一段黑暗期。當時，我身體虛弱，意志也軟弱，讀書成績不好，運動也好不了多少，找不到自己喜歡或擅長的事情，也沒有找到任何同學願意跟我做朋友。機緣巧合，我便跟隨爺爺鄰居的兒子到了教會。

在教會，其他的事姑且不談，肯定的得著是讓我接觸了結他。那是一個放學後的黃昏，我百無聊賴便回了教會，在敬拜台上有一位弟兄正在為結他調音。我問他「結他難學嗎？」，卻想不起有信仰的人只要因神之名便不會有難事。

弟兄毫不猶豫的教了我 C、G、Am 三個和弦，還借了教會的一枝舊結他給我回家練習。那三個和弦，就是我接受過的所有結他課。我開始自學，按著樂譜學和弦，一邊學一邊彈。後來，我成為了敬拜隊的結他手，再後來，我離開了教會，那是後話。

結他是樂器，也是第一件告訴我人可以自學自樂的器物。我自學而來的結他技巧，從來沒有達到可以令我自滿的水平，但這麼多年來，在萬千情緒中自彈自唱，依然自我，總算學會了一點自在。

橡皮擦

實用並虛榮

我懷疑，橡皮擦是世界上最多稱呼的物件。橡皮擦是擦膠，又是膠擦，也可稱膠擦布、擦紙膠、擦字膠、擦布、擦子。同時，它也是一張文化試紙。我們只要聽到一個人怎樣稱呼橡皮擦，大概猜到他來自什麼的文化背景，即使是英語世界，情況依然：英式英文說 rubber、美式英文說 eraser。

「rubber」一詞最早出現於一篇發表於一七七〇年的論文，題為《試論透視法的理論與實踐》，作者為英國人喬瑟夫‧普萊斯利（Joseph Priestley），他發現「一種物質極適合用來把黑鉛筆的痕跡去除」，「對於從事繪畫的人來說，這東西只能有一個用途。賣這東西的是在皇家交易所對面開業的數學用具商內恩先生，他一次賣一小方塊，長度大概半寸，索價三先令；他說這東西可以撐好幾年不壞」。

普萊斯利稱「這東西」為「擦子」（rub-ber）。從此，人們不再用餿掉的麵包來去除筆跡，而用橡皮擦（rubber）來擦（rub）。

普萊斯利發明的橡皮擦是實用的，但橡皮擦到了孩童手上又多了一種非實用的功能。成年人以手提包或手錶來表現品味、身價，而小學生則用橡皮擦來顯示獨特風格，至少在我成長的年代是這樣的。

大家在課堂桌上展示形形色色琳瑯滿目的橡皮擦，有不同顏色、有奇形怪狀、有香味的，甚至有哲學意味的（一款外形似鉛筆的橡皮擦）。這些橡皮擦都有一個共同點，它們都擦不乾淨筆跡。但，至少它們體現了各人心中的虛榮。

有一款橡皮擦，既不能滿足虛榮心，又不實用，那就是「鉛筆上的橡皮擦」。鉛筆上的橡皮擦從來沒有能夠成功擦掉筆跡，而且它往往因為太硬而一擦即斷。當鉛筆上的橡皮擦遇上莫名其妙的同學時，耳朵災難就會發生，他們明明見到筆頭的橡皮擦早已斷掉，還是會堅持以此來擦，就這樣產生出一種金屬環刮到紙張的難受聲音。

不可不知，如此失敗的東西，竟然有人還敢去申請專利。一八五八年，美國人海曼‧李普門（Hymen Lipman）為他令「鉛筆與橡皮合而為一」的發明申請專利，內容是：「鉛筆會以與一般作法並無不同的方式製成，成品從一端切開，看到的是鉛筆的筆芯，切開另外一端，露出的是一小條印度橡膠，尤其適用於移除或抹掉線條、數字，同時這橡膠又不會在桌上放到髒掉或隨手一擱而找不到」。

後來，這專利成為了懸案，李普門一方面以高價賣掉了

這專利，另一方面法院又判決此專利無效。法院的論點是：將兩樣本身自足的東西（鉛筆與橡皮擦）放在一起而沒有產生「不同於原本個體的力量、效果或成果」實在算不上是一項發明。

法院的判決甚有道理，但又怎樣解釋鉛筆上的橡皮擦存在至今的理由呢？我的答案是：方便，那是一種似是而非的方便。正如李普門的申請書說，鉛筆上的橡皮擦「不會在桌上放到髒掉或隨手一攔而找不到」，所以它方便，但同時，一個擦不乾淨又容易斷掉的橡皮擦，卻是一種實實在在的不便。兩者結合，就是我所謂似是而非的方便。

人類為什麼會容忍似是而非的方便呢？因為人有慣性，又有惰性，得過且過。你又想一想，你身邊有一個像「鉛筆上的橡皮擦」一般的人物嗎？

繩 子

物 自 身 的 純 美

只要我們懂得珍惜一個物件，它總是會忠心耿耿的給我們持續的幸福，哪怕它只是一條繩子。

在小學時，每班總有幾位同學在小息時，拿出一條繩子結成繩花，並彼此手指穿插嬉戲。我從來沒有學會這個技能，而只好在旁看到嘆為觀止，羨慕非常。到了中學，玩繩花的人越來越少。到了現在，我懷疑還有多少小孩還在玩繩花呢？我甚至擔心，繩花的技藝是否要失傳了？

擔心繩花技藝失傳的人，不只有我，還有早於十九世紀末的劍橋大學人類學教授海登（Alfred Cort Haddon）。海登對繩花的研究可謂一絲不苟，他記下了幾百種編繩花的方法，以藉此了解原始部落之間的關係。

從拿斐濟人的「鸚鵡園」（Parakeet's Playground），到美國新墨西哥州夏瑪印地安人的「癩蛤蟆」（Toad）、納瓦荷印地安人的「七星陣」（Pleiades），以至新畿內亞的基瓦巴布人的種種動物繩花，海登與他的學生都一一蒐集起來，而他們發現無論在美洲、非洲，還是中國、日本，以至婆羅洲，都有繩花的蹤跡，唯獨歐洲！歐洲只有一款名為「花籃」的繩花較為普遍。

海登的女兒凱瑟琳・海登・瑞許貝斯（Kathleen Haddon

Rishbeth）繼承了父親的事業，到世界各地的部落尋找繩花圖案，她在其中一本繩花專書裡，說到了一件事：「我有一次一人沿著帕布亞（Papua）的佛萊河往上走到一座小村。從來沒有白人婦女去過這裡，我又不懂他們的語言，一開始不知如何是好」。

面對部落的人戒心越來越高，瑞許貝斯靈機一觸，拿出了繩子來編起繩花。初時，瑞許貝斯手上的繩花只吸引到小孩，後來小孩的母親也來觀摩，最後整個村子都來研究瑞許貝斯帶來前所未有的繩花圖案。有人詬病，瑞許貝斯的做法或許會造成文化污染，但對她而言，繩花在那一個當下成為了人與人溝通的唯一途徑。

瑞許貝斯描述當時的情況寫道：當她「蹲在路旁，拿手中的繩子互獻慇懃，認出喜歡的花樣，相視而笑，看見新鮮的花樣，興奮又鼓掌，後待終須一別，心底又萬般惆悵、不捨——雙方從頭到尾，不必說上對方懂的任何一個字」。

一條繩子，超越了語言，建立了溝通、信任與情感，這就是我所謂物自身的純美，美得真實，美在真誠。

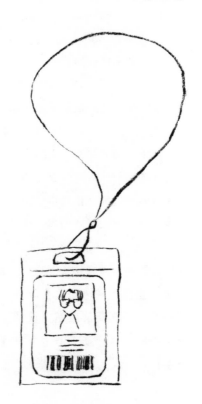

工作證

出入無阻的象徵

我書房有不同的盒子，擺放不同的東西。其中一個盒子放滿了工作證。這些工作證包括我第一次出席國際學術會議的出入證、某一次藝術買賣會的參展證明，以及第一次當編劇的舞台工作人員證。

每一個工作證，都紀念一次工作，以及相關的人與回憶。回頭一想，究竟什麼的人才需要一張工作證呢？

在自己的農莊，農夫不會需要擁有一張工作證才開始播種；在家裡，父親不需要出示工作證便可直接使用遙控器；在演唱會場地，明星藝人也不需要工作證而自出自入。所以，誰需要一張工作證呢？有任務的普羅大眾，需要工作證。

當社會不再是血緣與族群關係的構造，而是陌生人組成的網絡，工作證便成為了讓大眾彼此認識、互相分辨身份的證明。工作證是現代社會的發明，同時指涉現代人之間的冷漠關係。這讓我想起俄國作家普希金（Aleksandr Pushkin）的名作《驛站長》。

《驛站長》是普希金於一八三〇年秋天的創作，被譽為是俄羅斯文學中第一次以「小人物」作主人公的作品。普希金以第一人稱「我」三次經過驛站時的所見所聞，寫一個

作為最低級外省官吏「驛站長」的悲慘人生。

「什麼是驛站長？」普希金寫道：「一個十四品的真正的受氣包，他的官職只能使他免於挨打，而且這也並非總能做到」，但是「我寧願聽他們談話，也不聽一位因公外出的六品文官的高談闊論」，為什麼呢？因為驛站長雖然勢利，見高拜見低踩，但他們也算是逼不得已的誠實，他們誠實地按著不同等級的「驛馬使用證」而作出相應的服務與態度。

故事中，年老的「我」回想說：「當時我年少氣盛，要是驛站長把給我預備的三匹馬套到一位官老爺的馬車上，我對他的低賤和膽怯感到憤慨」，但「如今呢，我覺得這是理所當然的。真的，『按官階論等』是一條大家稱便的規律，如果用另一條規律，比方說，用『憑才智論等』來代替它，那我們會碰到什麼事呢？會發生怎樣的爭論啊？」

可惜，驛馬使用證或許可以解決資源分配多少的爭論，卻沒法回應人們道德高低的問題。工作證，能令你高高在上，卻無法使你成為一個好人。故事中擁有高等級工作證的騎兵，正是驛站長悲慘人生的元凶。

又說，網上傳聞有一個跨文化跨地域的普世高級別工作

證，此工作證幾乎可以讓人出入大大小小關卡，而且成本極低，唾手可得，你猜到它是什麼嗎？

此工作證謂「安全反光背心」，據說凡穿上此工作證者，四處出入無阻。

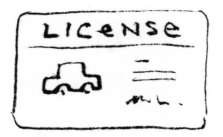

駕照

令人戰戰兢兢的雀躍

不少人取得駕駛執照時都感到開心雀躍，因為駕照象徵成年人的行動自由，也是一種流動力的法定提升，但當我三十多歲人才第一次取到「駕照」時，我的最深刻的感覺不是興奮，而是戰戰兢兢。

我的第一張「駕照」要加引號，因為準確來說，那是一張「暫准駕駛執照」，又稱「P牌」，而P牌駕駛者若在第一年內犯了交通規則，輕則延長P牌，重則重考駕駛試。

擁有了，便害怕失去，於是我便領著我的P牌在馬路上步步為營。人就是這樣，越驚犯錯，便越容易犯錯，而根據墨菲定律，壞事總是往最壞的情況發生，麵包著地，永遠是有奶油的那一面。

在我領了P牌的第四天，我在一個轉彎位犯了一個錯，交通警隨即靈異地憑空出現。我還記得警察先生拿著我的「暫准駕駛執照」時的第一句：「先生，你駕照的油墨還未乾呢！」

我對於擁有駕照而來的戰戰兢兢，除了法定上的失去，還有物理上的丟失。我曾經四處問人：作為一名非職業司機，駕照應該放車上，還是跟身呢？

不同人有不同取向：支持駕照跟身的人，認為我們隨時有機會駕駛別人的車，這就像身份證要跟身一般的道理；支持駕照放車上的人，卻認為駕駛別人車輛的機率不多於三百分之一（你在過往一年有開過朋友的車嗎？），而丟失錢包的機會卻比丟失一架車高太多了！而且，補領駕照，實在太麻煩。

意大利國寶級作家艾可（Umberto Eco）便曾經寫了一個短篇，題為〈補領駕照奇遇記〉，而我高度懷疑這小說是由他親身經驗改寫而成的。故事講述主角出差時丟了錢包，他首先報失信用卡，過程順利非常，更感到「文明真是好東西」，卻在報失駕照時，荒謬地處處碰壁。

駕照補領機構跟主角說「只要把失竊駕照的號碼給他們就行了」，但問題是主角「先前沒有把駕照號碼記下來，而他只有在那張丟失的駕照上才查得到」那所需要的號碼。主角東奔西撲，往來不同機構與城市，卻始終尋回不了那個失竊駕照的號碼。

最後，作為著名作家的主角「我」，在兩個月後終於拿到臨時駕照，而他悟出了道理：他能夠補領到駕照完全是靠他的「社會地位和教育程度享受到的多種特權。我有能力騷擾三個城市的多位高層官員、六個公私立機關、外加一

家日報和一家周刊 —— 兩者都全國發行，擁有龐大的讀者群。而如果我只是個雜貨店老闆或小職員，就只好去買一輛腳踏車了。如果在意大利想這麼短的時間內拿到正式駕照開車，恐怕只有國寶級男高音帕瓦羅蒂才夠格」。

幸好，艾可寫的故事是發生在意大利。萬幸，我暫時還沒有失去駕照而要補領的故事要告訴你。

躺椅

半坐半躺的曖昧

閱讀，佔了我生活很多時間，而可以坐在自己心愛的椅子上閱讀是一件大美事。自我領取了人生第一份糧起，我便夢寐以求擁有一張「伊姆斯躺椅」（Eames lounge chair）。

此乃躺椅的名物，甚至被納入紐約現代藝術博物館（MoMA）的藏品。可惜，此夢尚未如願。

躺椅的概念，發展自西方對東方的想像。在十七世紀歐洲人的想像中，蘇丹王會見群臣時，會坐在一張有軟墊的長椅上，這張長椅既像床，又像椅，反正就是代表著蘇丹王才配得上享有的尊貴與舒適。

蘇丹王坐在躺椅上的形象，帶來了一種東方主義的懶散與傲慢，可見於法國浪漫主義畫家德拉克羅瓦（Delacroix）的名畫《薩達那帕拉之死》。德拉克羅瓦描繪亞述王亞述巴尼拔坐在半床半椅的座位上，冷眼旁觀下屬在他的命令下處死妻妾、燒毀宮殿、不留牲畜的慘況。

事實上，早於羅馬帝國時期，男性已經會在宴會上半坐半躺的享樂（女性卻要維持端正的坐姿），而十九世紀的西方禮儀專家卻將半坐半躺的坐姿，以及相關的躺椅與貴妃椅之發明，一併歸咎到來自於東方的異國風情。

作家奧蘭多·薩柏塔什（Orlando Sabertash）對於這坐姿的指責，寫得很「有趣」，他寫道：「這般醜陋、扭曲的姿勢，只限書房長椅、安樂椅，絕不應該恣意出現在紳士面前，遑論淑女。」

為什麼要指明「淑女」呢？因為薩柏塔什心裡有鬼，認為坐在躺椅上的淑女勢必是嫵媚妖嬈，擺出一副性感挑逗的姿勢。半坐半躺的坐姿與性慾的連結，早於文藝復興時期已經植根，例如威尼斯畫派大師提香（Titian）的名畫《烏爾比諾的維納斯》便是一例。而到了十九世紀初，躺椅與性感的聯想更發展成藝術上的正反辯證關係。

在一八〇〇年，西方藝術史上出現了兩幅名畫：一幅是西班牙浪漫主義畫家哥雅的《裸體的馬哈》，畫中的馬哈（即西班牙語的「漂亮姑娘」）半坐半躺，散發嫵媚；另一幅是法國新古典主義畫家雅克－路易·大衛（Jacques-Louis David）的《雷加米埃夫人像》，雷加米埃夫人是當時巴黎名流的象徵，她穿上簡樸的連身裙，在貴妃椅之上，同樣是半坐半躺，卻盡見優雅。

半坐半躺，不是坐又不是躺，不清不楚，就是一種曖昧，這一種坐姿的曖昧，可以嫵媚，又可以優雅，又再多一份曖昧。薩柏塔什說半坐半躺是「醜陋、扭曲」，大概

只是虛偽之辭，因為連他自己也禁不住要將這曖昧的享受，留於「書房長椅、安樂椅」之上。

又說，早應該在我書房出現的「伊姆斯躺椅」，為什麼還未出現呢？一來，此椅價值不菲（以我的收入來說）；二來，此躺椅闊八十五厘米，兩個部件加起來總長度有一百四十厘米。要擁有它，我先要擁有更大的書房，要有大的書房，我必須要有一個更大的家。

紙袋

容易被忽略的高貴

我的小學有一個農圃。農圃設在操場邊緣，裡面分了五、六個小園地。

在我念小學三四年級時，我參加了農藝班，每隔一星期的星期五課後便會到農圃幫忙，鬆土、挖洞、放種子、澆水、除草。表面上，這個農圃由農藝班的老師和學生負責，實際上都是校工們的功勞。作為興趣班的學生，我期待的只是收成。

學期末，我們的菜種好了（再一次要多謝校工們！）。我已經忘了那時候種的是什麼的菜，我只記得我獲分配到兩棵翠綠的菜（可能是唐生菜），並放於紙袋之中。

我手捧著這一包菜回家，沒有多少有關汗滴禾下土的感恩，只覺得放在紙袋裡的菜，跟母親從街市買來放在塑膠袋裡的菜不同。紙袋裡的菜，特別高貴。

我發現，這一份高貴，不在於我的菜，而在於那一個白色紙袋。

紙袋的高貴，是我多次實驗之後的觀察成果。同一款物件，無論是糖果、燕麥片、書本、衣服、水果，放於紙袋都會比放於塑膠袋來得有格調，來得有品味。你絕對可以

說這種格調與品味是膚淺的，但紙袋的高貴感覺，是一種可以觸摸得到的奢侈，是少數得來容易的奢侈，卻又往往被忽略。

美國短篇小說大師卡佛（Raymond Carver）便曾經以〈紙袋〉為題，寫了一篇有關「忽略」的故事。

話說，自從父母離婚之後，敘事者便沒有見過父親，於是他趁出差轉機，便約了父親在機場見面。甫見面，敘事者便感覺到父親「籠罩在他頭上的悲傷氣息」。原來，父親想趁此機會跟敘事者解釋自己當初怎樣有了外遇，又是怎樣離開了敘事者。

父親從第一次遇上外遇者說起，說得巨細無遺，從對方的頭髮、職業，說到他們交往時的第一個笑話。然而，敘事者的焦點卻是酒吧裡一個笑聲很大的女人，以及眼前的煙灰缸，他留意到煙灰缸側面有一行字：「哈拉俱樂部／里諾和塔霍湖／宜人的娛樂場所」。

這一行字，跟父親的告解有什麼關係呢？沒有關係。父親一邊說外遇的事，敘事者一邊心不在焉。往事說罷，父親說：「你明白嗎？」敘事者「連一句話也沒有說」，而讀者的問題必然是：那題中的「紙袋」呢？

那紙袋是一個「裝糖果的白色紙袋」，是父親給敘事者的見面禮。在道別時，這對父子握了握手，而這也是他們最後一次見面，在回程的路上，敘事者才忽然想起他把那個裝糖果的白色紙袋「忘了在吧台上」。敘事者忽略了那一個象徵重遇的紙袋，同時，也忽略了父親的懺悔。

說起紙袋，又說到機場，令我說起一輩子遇到最奢侈、最珍貴的紙袋。那決不是酒店高級餅店的曲奇袋，或日本百貨公司的禮品袋，而是在暈車暈船暈長途機時的嘔吐袋。如有迫切需要，實在一個紙袋也不能少。

硬糖

慢慢品嚐的甜

我有一個壞嗜好，就是喜歡買糖，而不能吃完一包糖。這半途而廢的罪孽，比起不斷買書而沒有讀完書更為嚴重，因為書不會過期，而糖總是放不耐，放到溶溶爛爛，最後只好整包糖果扔掉。

我不能完成一包糖的主因是成年後的喉嚨脆弱了。現在，我吃一顆糖，便會喉嚨不適，但除了這生物原因，我這樣「買一包糖只吃一粒便放棄餘下整包」的任性行為，還有個人歷史的理由，我不負責任地將此歸咎於爺爺給我的兒時教育。

小時候，爺爺喜歡給我買一款我們稱之謂「狐狸糖」的硬糖，此名是爺爺與我的叫法，源自於此糖的英文名字，既是姓氏，又可譯作狐狸。狐狸有分薄荷與雜果兩款，而爺爺從來都是買雜果味給我的，雜果味以顏色分類，有紅橙紫黃綠。

爺爺家有一個透明的玻璃樽，專屬放糖果的。每一次，爺爺買了新一筒的狐狸糖，便會將糖倒入這個玻璃樽。這多此一舉的動作，除了因為爺爺的講究（他說糖果鐵筒的邊緣太鋒利，怕割傷我的手），也是因為他的孫兒，即我，在紅橙紫黃綠五色之中，只會挑選綠色。

一筒狐狸糖，沒有多少顆綠色，但吃完了綠色糖後，爺爺便會買新的一筒，將新糖補充到玻璃樽裡去，而舊糖則留待其他家庭成員處理。今時今日，我見到兒時糖果，便會忍不住買下來，多多少少就是懷念這份兒時被寵愛的感覺。

因為想起兒時的甜，我見到糖果便買，偏偏又因為人大了而受不了糖果的甜，而只好淺嚐一顆，卻半途而廢一整包的糖果。有時，過去的甜，還是留在回憶好了。

又說，我曾經跟爺爺投訴狐狸糖是硬糖，糖太硬了，「為什麼不給我買軟糖呢？」。當時，爺爺支吾以對，只是間中給我買英國百貨公司的砂糖水果軟糖（我也只吃綠色的）好作應付。

後來，我讀到了一本關於歐洲聖誕歷史的書，發現了一點端倪，作者寫道：「一六七〇年的德國，當時在科隆的大教堂裡，唱詩班的孩子並沒有耐性練習獻唱，常常打鬧。於是唱詩班指揮決定派發糖果安撫他們，而且所派的糖果要夠硬」。

糖要夠硬，指揮還要限制孩子的吃糖方法，「不準用咬，只能用舔的吃法」，因此，「孩子不能吵鬧，專注安靜地

吃糖」。後來，指揮怕派糖果給孩子會引起教會不滿，便將糖製作成「J」，聲稱糖果象徵耶穌的手杖，就成了士的糖。

當年，爺爺有限制我的吃糖方法嗎？倒真是有，他也不讓我咬糖，說這樣會壞牙，難道吃糖本身就不壞牙嗎？

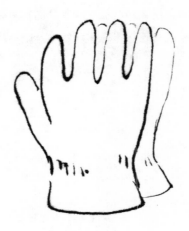

手套

它 的 用 處 是 什 麼 ？

手套是一個可以強烈折射文化時差與地域差異的小物。

當初，古代的希臘人、羅馬人只為了弄園藝時不弄傷手而戴手套，但到了六世紀，天主教神職人員為免弄髒《聖經》而戴手套主持彌撒，竟然意想不到的提升了「手套」一物的地位。

自此，手套成為了權威與神性的象徵。

在中古時代，國王的手套是國王的權力象徵，當國王將自己手套交予某人去辦事，此人便如同帶著尚方寶劍同行；又例如，在法國國王駕崩前，便會將手套傳給兒子，象徵權力移交。

當然，人類的最大的信仰與主權瓜葛，始終是愛情。在《灰姑娘》，我們都知道灰姑娘如何不小心留下了玻璃鞋，最終讓王子可以找到她（又說，究竟有什麼人會相信灰姑娘是不小心丟鞋呢？她可是好好的穿著玻璃鞋跳了一段舞步）；而在莎士比亞（William Shakespeare）的悲劇故事《特洛伊羅斯與克瑞西達》，特洛伊羅斯留給克瑞西達的愛情信物不是玻璃鞋，卻是她的手套。

到了十九世紀初，手套成為了禮儀的元素。人不可以衣

不蔽體，而女士外出則不可以不戴手套，可見手套之重要。在洛可可時期，手套更成為了潮流物，女士們一天可以換上五套不同的手套，進餐時一對、彈琴時一對、出席舞會時一對、心情好時一對、心情壞時又一對。

基於以上百般理由，手套在西方文化史上把握了一個地位，並發展出有長有短、有華麗有樸素、有純色有多樣等等五花八門的設計。然而，如此貴氣的手套，來到我們這個亞熱帶城市，卻從紳士淑女改行做了勞動人民。

在香港，我們最多接觸的手套款式，主要有二：

首先，棉紗勞工手套，用於一切大大小小的勞動工作，搬屋、剪草、送貨、駕駛，還有燒烤時撿炭，其目的明顯就是要保護雙手，以免受損傷，但吊詭的是，我從來都不認為這樣厚了一點點的棉紗可以有多大的保護力。如果棉紗手套擋不住剪刀的鋒利，那麼，我何必多此一舉戴它呢？怪哉。

第二個常見的手套是洗碗手套。名正言順，就是用來洗碗時用的。還記得，初中時曾經在電視見到洗碗手套廣告，說它如何保護母親雙手，年紀小沒有錢的我便買了一對洗碗手套給母親作母親節禮物。母親說，戴手套勞動不方便（估計當時的我也買錯了尺寸），但母親收下時，是笑的。

香 水

生 命 的 氣 息

每個人都可以有不同喜好的香味，但我沒有認識任何一個人是不喜歡香味的。

香味是一種普世的滿足，我曾經目睹一兩歲大的小孩，如本能一般聞到鮮花的香氣而微笑，而哪怕是追求五蘊皆空的寺廟（以及其他宗教的神聖空間）也彌漫焚香而來的幽香。

香味普世，香水也成為了人類文明最早的發明之一。

有說，香水的發明者來自美索不達美亞，又有說是來自塞浦路斯島，而古埃及人的香水文化是現有記錄中相對完整的。據說，在古埃及的公共浴室，人們除了用水潔淨身體，還將身體浸泡在散發香味的油。他們相信，香油的氣味不但潤澤肌膚，而且可以保持健康。

後來，古埃及的香水文化傳入古希臘，更成為了一種狂熱。在此，我想起兩位古希臘名人。第一位是「古希臘七賢」之一的雅典立法者梭倫（Solon）。

我們都知道，梭倫以他的「梭倫改革」而名流千古，他不但成功進行了土地與經濟改革，還透過重組公民等級，而促進雅典民主制度的發展，但大家未必知道，梭倫能夠帶

給雅典翻天覆地的改變，卻也曾經試過提案一件（貌似）小小的改革而碰壁。

話說，當時古希臘人的香水製作需要大量進口的精油，而龐大的進口量造成巨額的城邦開銷。有見及此，梭倫提出法案，試圖立法禁止使用香水，卻始料不及，得不到民眾的支持，梭倫的香水法案最終告吹。梭倫萬萬沒想到，禁止使用香水，竟然比土地改革更難。

關於古希臘人的香水狂熱，我想起的第二位名人是犬儒學派哲學家戴奧基尼斯（Diogenes）。犬儒學派否定文明，崇尚自然，鄙棄物質，而據說，戴奧基尼斯就住在一個木桶中，身上只有一件斗篷、一枝棍子，以及一個麵包袋。這個說法的視覺形象相當強烈，卻欠了一個細節：香水。

不修邊幅且渾身骯髒的犬儒學派代表人物也會用香水？對，而且戴奧基尼斯是在自己的腿上抹上香水的，他曾經說道：「如果在我的腳上塗上香水，那麼我的鼻子就能聞到。如果我在頭上抹上香水，那就只有鳥兒才能聞到了。」戴奧基尼斯在解說他塗香水的習慣之餘，不忘間接指出犬儒學派離群索居的主張。

為什麼人類對香水的鍾愛是如此跨文化、跨時代的呢？我想，古埃及人的香水文化可以給我們啟示：香氣從現世，蔓延到出世。

香氣，指示神聖、高尚、健康，祭司會在死者身上塗上肉桂、蜂蜜、香膏，以保持香氣，而香氣會帶領死者尋找冥河彼岸的眾神。這想法就如徐四金《香水》的名言所說，「生命的靈魂，就是他們的香味」。香水散發的，是香氣，也是生命的、靈魂的、活力的氣息。

沙漏

放任自流的時光

在我的書桌上，有幾件必要的物件。所謂必要，就是我只要看著它們，就能夠安心，算是名副其實的一種物戀。它們之一，是沙漏。

我喜歡沙漏，有很多原因：因為一次難忘的京都旅行，我來到一間職人開的玻璃製品店，買下了人生第一個沙漏（後來意外打破了），也愛上了它簡單而完美的曲線；因為我有專注力問題，所以「十五分鐘的沙漏」成為了我專心完成當下工作的最好計時器，也是鼓勵器（當我快要心散時，眼見沙漏上半部只剩下一小撮的沙，自自然然教我堅持下去）。

因為沙漏，我有一個再具體不過的眼前物去認真思考：什麼是時間呢？

沙漏的時間，與鐘錶的時間，是不同的時間。我不是說它們計算時間的誤差，而是兩種工具指出了時間的不同性質。鐘錶的時間，是推進的時間；沙漏的時間，是倒數的時間。鐘錶的時間，可以透過手動改動指針而調整；沙漏的時間，卻只能靠時間本身來調整。此話何解？

試想一想：你有一個十五分鐘的沙漏，而在你倒轉沙漏開始計時後良久，我突然想停止計時，那你可怎樣做？你什

麼都做不了。因為當上半部的沙還沒有完全流到下半部時，你是沒辦法停止（或加速）整個計時的過程，而你唯一可以做的就是等待，等待十五分鐘的過去，好讓沙漏的時間歸零。

沙漏的時間，是倒數的、是連續而不能被打斷的、是預設的（十五分鐘的沙漏，就只有十五分鐘的時間），而因為這些時間特質，沙漏往往讓人聯想起生命的倒數。

在巴洛克時期流行的虛空畫（Vanitas），以靜物畫思考「虛空的虛空，凡事都是虛空」（取自《聖經》〈傳道書〉一章二節）的命題，透過繪畫不同的物件，指出生命的短促無常，這些物件包括骷髏骨頭、氣泡、熄滅的蠟燭、倒乾的酒杯，以及沙漏。

到了當代，猶太作家布魯諾・舒爾茨（Bruno Schulz）有一個短篇小說，題為〈沙漏做招牌的療養院〉。這是一個魔幻寫實的故事，說由戈塔爾醫生開的療養院，可以倒撥時間而「救活」生命。

然而，當敘事者「我」來到療養院探望父親時，卻發現「在這裡，所有人都整日整夜睡覺」，而當他質問「我父親還活著嗎？」，他得到的答案是：「我們都知道，按照你家鄉的看

法，令尊已經謝世。這無可避免。在此地他還活著，但死亡畢竟投下了陰影嘛」。

在這「沙漏做招牌的療養院」，醫生「讓病人長時間睡覺，以儲存生命力」，而當住院者醒來時，他們「迷迷糊糊，恍恍惚惚，會繼續先前中斷的談話，重新走上累人的道路，或繼續從事一些複習的、沒頭沒尾的工作。結果，大段光陰在這一過程中不可逆轉地消失於某處。我們無法讓一天的時光保持連續性的時光，最終不得不對它放任自流」。

作者提出了一個有趣的觀點，叫「二手時間」：「讓時間倒轉 —— 聽上去很棒，但實際效果如何？那是不是足值的時間，從這兒流過的真實時間，有如新布匹上展開的時間，充滿新鮮和染料氣味的芳香？恰恰相反，它完全是用過的時間，是人們磨損的時間。這時間破爛不堪，千瘡百孔，如篩子般通通透透」。

作者的意思是：你真的掌握自己的時間嗎？你的時間，是為自己而活的一手時間，還是為別人而流的二手時間呢？

我們都有自己的一個人生沙漏。各人的沙漏，預設了的時

間都不一樣，但放任自流的速度卻是均等。我們改動不了預設了的時間份量，也停止不了時間的流動，但我們還有選擇，選擇沙漏裡的時間是一手，還是二手。

單 車

像 極 了 青 春

我從來沒有真正擁有過一部單車，卻擁有不少關於單車的記憶。

我最早的單車記憶是「大圍單車公園」。所謂公園，其實就是一塊空地，空地外圍是租借單車的店舖，店前放滿了林林總總的單車，有兩輪的、有兩輪加輔助輪的，還有家庭用的四輪車。一般人在店租借了單車後，便會出發到公園外的單車徑，而未有學會騎單車的人便在公園內的空地上兜圈。

我試圖回想，始終記不起在空地兜圈的情景，卻記得身體從單車掉到地上時的某些感覺，以及地面上那些必然會令擦損傷口發炎的沙石。

到了青春期，我終於學會了騎單車，而跟朋友租單車遊樂也成為了當時夏天必不可少的節目。在這階段，單車代表玩樂、嗜好，直至大學三年級，我以交換生身份到荷蘭阿姆斯特丹研習西方藝術史，到達後的文化衝擊是：騎單車，不是一種娛樂，而是日常交通工具。

我在阿姆斯特丹的單車，也是租來的。我以交換生身份跟大學租借了一輛二手單車，租借期一年。我與它，有了很多不錯的青春記憶：一邊騎單車一邊險象環生的吃三文

治、第一次在暴雪中踏車、第一次酒後醉駕單車、第一次嘗試車尾載人（而不成功）⋯⋯

單車，盛載了種種青春回憶。我又想，單車，從來都是借來的，曾經擁有，又不一直擁有，像青春。

自十九世紀起，單車便代表自主的活力，尤其對女性而言。當時的女權主義者鼓勵女性自己騎單車，因為單車的移動力能夠體現男女平等的行動自由。在當時英法等地，騎單車更成為了年輕女性的時髦，有專屬介紹女性騎單車的雜誌，如《女士單車》（Lady Cyclist），也有大受女性歡迎的歐陸單車旅行團。

在普魯斯特（Marcel Proust）的《追憶似水年華》裡，敘事者馬塞爾第一次見到阿爾貝蒂娜時，便是被她推著單車的身影吸引，「我呆立在大旅社門口，等待著與外祖母會齊的時刻到來。就在這時，幾乎在大堤的盡頭，我看見五、六個小女孩向前走過來，在大堤上形成一片移動的奇異的印痕」，「這些陌生女孩中，有一個人手推著自己的自行車」。在此，阿爾貝蒂娜手握的「自己的單車」，代表著一名都會女性的自主與活力。

在單車與青春的聯想之中，普魯斯特的首選是阿爾貝蒂

娜，而我的首選卻是穿插於街道之中的石油氣運輸師傅。

難道你們看不見他們一身的肌肉，以及將石油氣罐拋上肩的朝氣嗎？他們往往年過半百，一人騎著一輛前前後後載有四至六個石油氣罐的單車，這比起意大利情色大師丁度‧巴拉斯（Tinto Brass）的那一幅經典電影海報，更顯青春，更是活力。

朱 古 力

溶解又重塑的快樂

情人節是一個教人莫名其妙的節日，有人會問：為什麼要有一個節日去特別證明我們的愛呢？又說，比起情人節的意義，情人節的特別禮物 —— 朱古力，更叫我費解。

我曾經親眼目睹一盒情人節朱古力的製作過程，主理者是我的妹妹。首先，她買來了一大包朱古力原粒、倒模容器，以及包裝盒。所謂的「朱古力製作」，就是將朱古力原粒煮溶，用熱力將固體變成液體（我正努力嘗試以文字增加其複雜性），將液體的朱古力倒入倒模容器，然後放涼，再等待朱古力變回固體。最後，主理者將朱古力放入包裝盒，大功告成。

究竟，人們何以想到以溶解又重塑朱古力來表達愛意的呢？

先談愛意。朱古力代表愛意的傳統，可以從十八世紀的法國說起。據說，法王路易十五的情婦龐巴度夫人（Madame de Pompadour），在每一次迎接國王歡悅之前，都會先喝一杯熱朱古力暖身。如此充滿濃濃的愛之習慣，慢慢傳遍上流社會之間。

在貴族王室的帶動，以及不同貴族的通婚下，朱古力文化傳到歐洲不同角落。然而，這跟「溶解又重塑」有什麼關

係呢？其實，朱古力的歷史，就是一個不斷被人溶解又重塑的過程。

朱古力的起源，可以追溯到古美洲文明，時至十四世紀的阿茲特克人（Aztecs），他們以朱古力為王室飲料，而朱古力在古阿茲特克語的意思是「快樂的來臨」。一五一九年，阿茲特克帝國的君主蒙特蘇馬二世（Moctezuma II）接見從西班牙遠道而來的訪客，並以王室的朱古力招待。

不過，大家不可不知，古阿茲特克人的「朱古力」，跟現在我們在家裡或餐廳喝到的朱古力是兩碼子的事。當時，古阿茲特克人會先將可可豆磨成粉末，加入玉米粉、辣椒、胡椒，以及水，並打成泡狀，而此製作的方式源於美洲原住民文明。

美洲原住民奉可可豆製成的朱古力為「天神的飲品」，用於信仰儀式。後來，原住民的「朱古力」文化傳入馬雅。在此，朱古力從神聖之物，溶解又重塑成貴重之物。

馬雅人開始種植可可樹，而可可豆更成為了可流通貨幣。傳說，馬雅貴族以黃金杯盛載「朱古力」，而在飲用後，會將此一次性的黃金杯扔進聖湖，以視對此「天神的飲品」之尊敬，無論此說之真偽，也足見朱古力之珍貴。

說回蒙特蘇馬二世接待西班牙人一事。話說，當時的西班
人領袖埃爾南‧科爾特斯（Hernán Cortés）並不欣賞這「天
神的飲品」。他完全不明白當中的快樂與貴重，直至其中一
位隨從告訴他，他曾經用一百粒可可豆換來了一個奴隸。
此時，埃爾南‧科爾特斯真的快樂了（也萌生了殺意）。

或許，朱古力的本質從未變異，溶解又重塑的只是人間快
樂的形式。

日 記 簿

跟 意 志 鬥 爭 的 記 錄

你有完成過任何一本日記簿嗎？我沒有。

普遍的日記簿設計都是相當霸道的，一日一頁，每頁都印上了特定日子。錯過了那一天，那一頁就注定空白了。因此，只要你在三百六十五天內，錯過了任何一天，那麼你那一年的日記簿便注定是不能「完成」。

更麻煩的是，當我連續錯過了幾個晚上沒有寫日記，然後翻開那空白了的頁數，翻了翻，便會想：無論我往後怎樣努力堅持每天寫日記，這數頁的空白還是沒法填補回來，這本日記簿注定不會完整。如此一想，我更沒有意志重拾那一年寫日記的動力。

當然，這些都是藉口，但問題是這些藉口每一年重現：新一年的一月，興高采烈的買新日記簿；到了二月，每頁勉強寫上了兩行；到了二月底，開始厭惡自己間歇性地寫了兩行字而留下的空白；然後，可能是五、六、七月，各有兩三篇；之後，一年又過去了。

為了打破這個怪圈，我開始研究如何有效完成日記簿的方法，而首要解決的問題是：我怎樣可以填滿每天的每一頁呢？畢竟新鮮事不是天天發生，我也不是每天都有精神和時間去填滿整頁的空白，而我又是否可以找到方法去釋懷

那因為寫了兩三行日記而留下的白紙呢？

當我研習作者們的日記簿，便發現不少作家的日記，原來也是斷斷續續的寫下來的。日本平安時代作者清少納言的日記《枕草子》便是一例。清少納言是皇后藤原定子中宮身邊的女官，她在深宮生活，睡前於枕邊草書幾筆，故名之謂「枕草子」。

《枕草子》的內容固然豐富，從生離死別、男女之情、人情冷暖，寫到四季天氣、佳餚美酒，以至天皇的一隻貓，但若大家仔細讀來，不難發現此三百則日記，往往是寥寥數語的斷句。

舉例，清少納言寫了一則（相對長一點的）日記，提到什麼是「高雅的東西」，她寫道：

淡紫色的袙衣，外面著
了白裳的汗衫的人
小鴨子
刨冰放進甘露，盛在新的金碗裡
水晶的數珠
藤花
梅花上落雪積滿了

非常美麗的小兒在吃著覆盆子

在此，奇怪的斷句，記錄亂七八糟的瑣事。你有質疑清少納言在寫什麼東西嗎？我卻在想：誰叫你窺看別人的日記呢？

對了，這就是我要找到的答案，這就是我能夠完成一本日記簿的態度。當日記簿的作者與讀者都只有自己，我們與日記簿的糾結，寫了多少，又空白了多少，不過是一場自我與意志的誠實記錄，我們又何必自我責備呢？

書籤

隨機的久別重逢

物戀，至少有兩種。一種是對「一物」之戀，戀上獨一無二的一物，另一種物戀，是戀上「一物之類」，例如我喜歡書籤，而我數不清自己擁有多少枚書籤。

在中國，書籤最早稱謂「栞」，意思是「砍木枝以表記」。在春秋時，我們有了「牙籤」，此牙籤不同彼牙籤，不用於清潔牙齒，而是以象牙製成的書籤，又稱「牙黎」。牙黎的頂端打了小洞，繫上絲繩以方便表記。到了唐代，牙籤依然盛行，韓愈《送諸葛往隨州讀書》一詩寫道：「鄴侯家書多，插架三萬軸。——是牙籤，新若手未觸」。

到了宋代，印刷業逐漸發達，書籤始以紙料或絹布製成，稱謂「浮簽」或「書皮題簽」，但亦沿用舊稱「牙籤」，故蘇軾於《送歐陽主簿赴官韋城》寫道：「讀遍牙籤三萬軸，卻來小邑試牛刀」。

我用書籤，卻從不拘泥於材質、形狀、顏色，唯一的要求就是薄，而薄的準則是不至於令書頁變形便可。因此，幾乎所有薄薄一片的東西，都可以成為我的書籤。

我的書籤，包括我經常用到的記事卡、書店隨書附送的正規書籤、各式各樣的單據、過期優惠券（在放入書中時或許未過期的）、某某給我的名片、某一趟旅程的登機證，

以及電影票尾。於是，當有人問我有否保留戲票的習慣時，我往往答道：「藏於書中」。

因為我不良的閱讀習慣，即在還未完成一本書便會開始讀另一本書，我的每一本藏書幾乎都會有一枚書籤。我算不清楚自己的藏書量，自然無法知道自己擁有多少枚所謂的書籤了。在此，書籤於我而言，彷彿是實用功能之物，但事實又非簡單如此。

我們說書籤是「砍木枝以表記」，但表記什麼呢？

傳統正規的書籤助人表記閱讀進度，而我的書籤卻同時表記了我買書或讀書時的生命片段。多少的書在某年某月翻看兩章便放下，數年後重拾，打開看見書籤的細節，往往有久別重逢之感，而這份突如其來的重遇，隨機而不隨心。

最近一次因書籤而來的久別重逢，發生在我打開一本中學時閱讀的經濟學散文集。那位曾經是我兒時偶像的作者，如今不值一提，而當我在將他的書送往舊書店前，隨手翻開看看，竟然看到了當時經濟科老師給我的一枚書籤。

那是我尊敬的一位老師。在書籤上，老師跟我有了一個約定。若干年前，這位老師因突發心臟病英年早逝，又若干年後，我終於兌現了我們的約定，卻已無法親口跟老師答謝。我將老師給我的書籤，放回書中，連同想念，一同放回書架上。

情書

浪漫之外的肉麻

物，有很多類，有些是紀念品，有些是工具，有些則是像紀念品的工具。情書，是愛情之物，既是工具，又是紀念品，更可以是罪狀，只看你在愛情的什麼階段寫、讀、重讀。

有一個關於情書的怪現象：讀自己的情書，滿是浪漫；讀別人的情書，總是肉麻。其實，這也是愛情的怪現象。在愛情之中，一切都是情意，但看在愛情以外的旁人眼中，卻可以嘔心厭惡。

在歷史上，俄國女皇凱薩琳大帝（Catherine the Great）與情人普譚金（Grigory Potemkin）的情書可算經典，經典在於情書帶來了凱薩琳大帝形象的巨大反差。

一七七四年，普譚金成為女皇的入幕之賓。在聖彼得堡冬宮，女皇寢宮的正下方就是普譚金的房間，兩個房間以專用的直通樓梯相連。雖然如此，他們還是會命宮中信差送遞情書傳情。

憑政變廢黜其夫即位、在位長達三十四年的凱薩琳大帝一向以冷酷、果斷，甚至心狠手辣著名，但在情書之中，女皇卻成了小鳥依人。凱薩琳以一系列暱稱稱呼普譚金，除了典型的「小心肝」、「寶貝」、「小親親」，還有動物類，

如「猛虎」、「小貓咪」，以及褒獎類，如「英雄」。

那麼，作為臣子的普譚金，怎樣既不冒犯女皇的霸氣，又可以親暱的稱呼凱薩琳呢？他叫她「小媽媽」。如果要為這暱稱再加多半點濃情，普譚金會寫道：「我心愛的小媽媽」。

肉麻嗎？未算。在激情時，女皇寫道：「快來吧，我才能用無盡的愛撫，平復你的情緒」；在生氣時，女皇始終帶著小女孩般的語氣，「你是要這樣把你的東西扔在我這裡再也不管囉？能否容我謙卑懇求您不要再把手帕到處亂扔」。

愛，畢竟有浪漫、有激情，又有生活的、生氣的成份，而百般的愛寫到情書之中，旁人眼內，都是肉麻。

這讓我想起作家王小波寫給學者李銀河的情書，王小波寫道：「肉麻是什麼呢？肉麻就是人們不得不接受降低人格行為時的感覺。有人喜愛肉麻是因為什麼呢？是因為他們太愛卑賤，就把肉麻當為了愛」。

當你以為王小波批判肉麻時，他卻寫道：「別人知道了要笑話的：王先生給李銀河寫情書，胡扯又八道，又是幽

冥，又是肉麻。這不是一件太可笑的事實嗎？」，什麼是愛，王小波寫給李銀河道：「愛，就是你啊」。

真是的，知識分子談戀愛寫情書，連肉麻，也要講定義、說理論，肉麻非常，非常的愛。

原 子 筆

不 以 訛 傳 訛 的 進 步

作為一名文科生，原子筆給我的第一個聯想是手指頭的痛。

中學時，無論是中史、世史、地理，我們都要答長問題，一寫就是六七頁，而且要限時。為了又快又穩的寫字答題，同學都有各樣的原子筆講究，有人講究筆桿的粗幼，有人講究筆尖的度數，有人關心筆身是圓還是六角，有人關心墨水是黑還是藍（傳說讀卷員喜歡不太淺色的藍），而我只關心一件事：我會不會答這題目呢？

會答的題目就寫，不會答的題目就作，無論如何，奮筆疾書兩小時的結果就是食指的痛，以上是我個人的原子筆回憶，而堪稱最經典的原子筆故事，莫過於二十世紀九十年代的一則都市傳說，內容如下：

「一九六〇年代的美蘇太空競賽，美國太空總署（NASA）遇到一個大問題。太空人需要一枝能在真空中書寫的筆，於是太空總署開始想辦法。砸下一百五十萬美元後，太空總署搞出一枝『太空筆』。俄羅斯也有同樣的難題，他們想到的辦法是用鉛筆。」

這則故事，純屬虛構，卻因為著名心理學家波諾（Edward de Bono）於《新千禧年的新思考模式》（1999）一書，以此

作例教導人要有跳出框框的思考，而成為了一則以訛傳訛的經典。

事實上，早於一九六五年，美國第一次雙人太空任務「雙子星3號」（Gemini III）已經有帶鉛筆上太空。不過他們發現，在無重力的太空環境，易斷裂的鉛筆不是上佳的選擇，斷裂的筆尖會四處亂飄，好可能損壞精密的儀器，甚至可能飄進太空人的眼裡，造成難以處理的傷害。

後來，太空筆的研發，也沒有用上太空總署的一分錢（遑論一百五十萬美元），卻是一位工廠員工的自費計劃，他的名字是保羅·費雪（Paul Fisher）。

在第二次世界大戰期間，費雪的工作是在工廠製造飛機螺旋槳上的滾珠軸承，而業餘興趣就是研究原子筆筆頭的滾珠（這是一個多麼仔細的業餘興趣！），到了一九六〇年，費雪參加了美國新罕布什爾州的總統初選，對手是約翰·甘迺迪（John F. Kennedy）。

這場選舉的結果不用多說，但可以一說的是：當甘迺迪勝出選舉後，於一九六二年宣佈十年登月計劃時，費雪受此消息鼓舞，誓要研發出一枝可以登月的「反重力」原子筆。

最終，費雪成功研發出「太空筆」，並將成果送到太空總署測試，測試的結果近乎完美，除了那一併送檢的太空筆文案「保羅費雪特製‧用於美國太空計劃」。美國太空總署的修正建議是：請在「用於」的前面加上「可」一字。

話說回來，如果以鉛筆代替原子筆上太空，是如波諾所謂跳出框框的思考，我卻認為，當一名發明者因為實際需要，而不取巧地研發一枝可以上太空用的原子筆，這才是真正可以推進人類文明的實驗精神吧！但又說，有人可以研發到一枝不會寫到手痛的原子筆嗎？

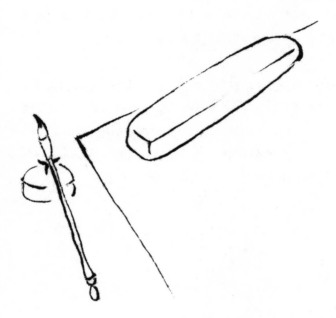

紙鎮

小巧的穩重

自古以來，文人墨客的案頭都放了不少好物，有實用的紙筆墨硯，有裝飾的怪石玉器，亦有既實用又美觀的好物，例如紙鎮。

紙鎮，又名鎮紙，形狀甚多，常見的有尺、方、墩、琮、印形等，材質亦廣，有玉、石、銅、鐵、陶瓷、紫檀木等，有說玉器紙鎮以唐、宋為上，而銅質紙鎮則以明朝永樂、宣德年間之品為上。

關於紙鎮的起源，我曾經讀到兩個說法，兩個說法都沒有多少戲劇性。第一個說法是古人時常將不同珍品放於案頭上把玩，久而久之便將有一定重量的青銅器或玉石用來壓紙壓書，便成了紙鎮；第二個說法是古人席地而坐，並以有重量的「蓆鎮」置於蓆子的四角，而當紙張發明以後，紙鎮便從蓆鎮的概念而應運而生。

那麼，以上說的「古人」又有多古呢？早於南北朝，我們便可以在典籍中找到鎮紙的出沒，《南史‧垣榮祖傳》寫道：「帝嘗以書案下安鼻為楯，以鐵為書鎮如意，甚壯大，以備不虞，欲以代杖」。

唐代上清派道人杜光庭，在《錄異記‧異石》一書記道：「會稽進士李眺，偶拾得小石，青黑平正，溫滑可玩，用

為書鎮」，而南宋詩人張鎡則寫：「三山放翁寶贈我，鎮紙恰稱金犀牛」，可見紙鎮自南北朝而來流行，更成為文人相贈之物。

到了明代，紙鎮的造型更加講究。戲曲《玉簪記》的作者高濂，曾經寫了一本「養生學大全」，名為《遵生八箋》。書中有〈鎮紙〉一篇，寫到明代的紙鎮，以青銅尺狀為多，尺上有獸鈕，例如蝦蟆、蹲虎、蹲螭等等，而高濂之說亦與出土物相符。

以上一堆長篇大論，旨在幫忙我思考一個問題：除了實用，為什麼我們如此喜歡紙鎮、講究紙鎮呢？

我的第一件紙鎮，買於日本奈良。當時，我進了研究院不久，要到大阪報告一篇論文，乃是我第一次獨自到外地開學術會議。會議為期五天，完成後如釋重負，便到奈良觀光。我沿著東大寺附近的商店街走，一邊走一邊有鹿兒相伴，走到了一間賣紙的店。

我不懂紙，卻被店內昏暗的陳舊而吸引。店家是一位老伯伯，我們言語不通，他就隨便讓我在店內慢慢看，然後，我在店內深處的玻璃櫃，看到了一個鑄鐵紙鎮，狀似馬蹄形，上有像圖騰一般的古怪頭像，而更準確一點的描

述是：它像《星球大戰》的黑武士。

老伯伯讓我將紙鎮拿到手上，我摸到它雕刻的凹凸，感受它優雅的重量，愛不釋手。我帶走了它，一直置於我的案頭，陪伴讀書寫字至今。回想到這裡，我也找到了我的答案。為什麼我喜歡紙鎮呢？紙鎮有一種獨特的幸福感，它小巧，卻穩重，溫柔地穩定了紙張，也彷彿穩住了心。

後記

「嗯，對了，就是這個」

美國作家卡佛（Raymond Carver）曾經寫了一篇短篇小說，講述一對夫婦的兒子在自己生日那天遇上車禍，在兒子病危昏迷之時，麵包師傅卻不斷打電話給夫婦要他們去取生日蛋糕，甚至到了滋擾的程度。

後來，兒子醫治無效死亡，夫婦便在午夜時開車去找麵包師傅算帳。麵包師傅明白了事件後，端出了麵包，說道：「我希望你們吃一點我的熱麵包卷，你們得吃東西，接著生活下去。這種時候，吃是一件有益的小事。」

這篇小說的名字正是《一件有益的小事》（*A Small, Good Thing*）。吃是一件有益的小事，那熱麵包卷正是一件有益的小物。一物，一事，而村上春樹就參考這篇小說的標題，自製了一詞：小確幸。

在《尋找漩渦貓的方法》，村上寫道：「為了找出生活中個人的『小確幸』（雖然小，卻很確實的幸福），還是需要或多或少有類似自我節制的東西。例如忍耐著做完激烈運動之後，喝到冰冰的啤酒之類時，會一個人閉上眼睛忍不住嘀咕到：『嗯，對了，就是這個』。那樣的興奮感慨，再怎麼說就是所謂『小確幸』的真正妙味了。」

「小確幸」一詞被濫用了是後話，但那「嗯，對了，就是這

個」的幸福感是真實的。這就是一件小物帶給我們「微小又確實的幸福」的時刻。

正如村上所說，要感到這樣的幸福，就要學會自我節制。我不追求浮誇虛榮之物，斷捨離未算完美的器具，留下並珍惜對我心靈有益的小物。

我承認，這是我的一種物戀，一種對我有益的物戀。戀物，愛人。

一件有益的
小　物

a small, good thing

［責任編輯］
李宇汶
［書籍設計］
姚國豪

［作者］
米哈
［插畫］
蓮

［出版］
P. PLUS LIMITED
香港北角英皇道 499 號北角工業大廈 20 樓
20/F., North Point Industrial Building,
499 King's Road, North Point, Hong Kong
［香港發行］
香港聯合書刊物流有限公司
香港新界荃灣德士古道 220-248 號 16 樓
［印刷］
美雅印刷製本有限公司
香港九龍觀塘榮業街 6 號 4 樓 A 室
［版次］
2022 年 7 月香港第一版第一次印刷
2023 年 8 月香港第一版第二次印刷
［規格］
大 32 開 （128mm x 200mm）208 面
［國際書號］
ISBN 978-962-04-4999-4